기연에 미친 무공천재

DECA MEDIA

기연에 미친 무공천재 2

초판 1쇄 2025년 9월 15일

지은이 자의(子儀) · **발행인** 김정수 · **고문** 이종주
발행처 데카미디어 · **출판등록** 2025년 4월 17일
주소 서울시 영등포구 당산로 214 · **E·mail** tradejjang0@gmail.com ·
유통 · 판매 관리 (주)행운사 · **Tel** (031)901·1137 · **FAX** (031)901·4140
E·mail luckybogo222@naver.com · luckybogo222@daum.net

ISBN 979-11-7513-023-4 (2권)
ISBN 979-11-7513-021-0 04810 (세트)

기연에
미친
무공천재
2
자의(子儀)
신무협 장편소설

차 례

1장
첫 수하

광주 성도의 유명 객잔 양주당춘.

몇 달 전까지만 해도 양주당춘은 광동 유력 토호 세력인 불산엽가에서 통째로 전세를 내 계투에 참가하는 낭인들의 숙소로 제공됐다.

광동성 전체를 뒤흔든 광동계투 때문이다.

7만에 달하는 인원이 강 하나를 놓고 정면으로 회전을 벌인, 근래 숭원에서 벌어진 계투 중에서도 유례를 찾기 힘든 대규모 전투.

광동성은 물론이고 인근 호남성과 복건성까지 광동계투에 대한 풍문으로 들끓었으니 말해 무엇하랴.

불산엽가는 광동계투 승리 후 그 위세가 절정에 달했다.

성 밖에 나가면 흔히 볼 수 있는 화적 떼 역시 불산엽가의 깃발을 든 상행은 함부로 습격하지 못할 정도였으니 말다 했지.

덕분에 광주 낭시의 낭인들은 반쯤 개점휴업 상태였다.

역대급 대목인 광동계투 승리 후 일시적으로 화적 떼 토벌 같은 자잘한 의뢰가 증발한 건 그다지 좋은 일이 아니었다.

광주 낭시를 대표하는 일급 낭인 광동삼살 역시 마찬가지다.

그들 모두 하는 일 없이 무림인과 낭인이 주로 모이는 양주당춘 3층 창가에 죽 때리며 주작대로를 내려다보고 있었다.

결국 지루함을 참지 못하고 막내인 도살창 추서가 우람한 근육을 꿈틀거리며 입을 열었다.

"큰형님, 둘째 형. 요즘 도통 건수가 없으니 은도 축나고. 도박판에 못 간 지 벌써 보름이 다 됐습니다."

그 말을 둘째인 몰살극 추호가 받았다.

"나 역시 금존청을 입에 못 댄 지 벌써 일주일째다."

"둘째 형. 일도 없는데 금존청 그 비싼 게 목구멍으로 넘어갑니까?"

"막내야. 이 형님의 하나뿐인 도락이다. 내버려 둬라. 그러는 너야말로 가서 잃기만 하는 그놈의 검패(劍牌)에 왜 그리 집착하는 거냐."

"거참, 아무것도 모르시네. 둘째 형! 검패에는 말입니다,

삼라만상이 담겨 있다고요!"

"……뭐라는 건지 원."

추호와 추서 두 형제가 티격태격하는데 추룡이 끼어들었다.

"그만들 하거라. 너흰 그 나이 먹고도 아직 어린애처럼 구는구나."

"큰형님! 추서 저 쥐새끼가!"

"둘째 형! 쥐새끼라니! 선 넘네?"

"막내 너 이 새끼! 어디서 반말질이야!"

"하아……."

동생들의 한심한 모습에 추룡이 깊은 한숨을 내쉬었다.

결국 참지 못하고 신경질적으로 탁자를 두드렸다.

"그만! 할 말 있으니 다들 조용히!"

"무슨 일입니까?"

추룡은 동생들을 보며 슬쩍 운을 뗐다.

"……다들 강좌의 중심, 남경에 대해 알고 있을 것이다."

"알고는 있죠. 잘 몰라서 그렇지."

"저는 좀 압니다. 장강의 부가 모이는 집결지 아닙니까."

"바로 그렇다."

그는 동생들에게 은근한 어조로 말했다.

"얼마 전 남경 낭시에서 내게 거간꾼을 보냈다."

"예? 서, 설마……?!"

추룡은 고개를 끄덕였다.

"그렇다. 영입 제안이다."

남경은 북경과 함께 중원 양대 수도 중 하나.

덕분에 남경 일대와 소주, 항주를 묶어 달리 남직례라 부를 정도로 거대한 경제권을 형성하고 있었다.

물자가 모이니 은이 넘쳐나고 그러다 보니 하루가 멀다고 분쟁이 벌어졌다.

당연히 분쟁을 먹고 사는 낭인들이 우글거렸다.

낭인에겐 그야말로 기회의 땅이었다.

"호야. 서야. 광동에선 우리가 최고지만 강좌는 아니다. 일급 낭인 따위 널리고 널렸지. 허나 그래서 좋은 거 아니겠느냐. 비록 우리 삼형제가 태어난 곳은 여기지만 언제까지 촌구석 광동 땅에 머물 이유가 없다. 사나이로 태어났으면 한 번뿐인 인생, 큰물에서 한번 놀아 봐야 하지 않겠느냐."

"옳습니다."

"동의합니다, 큰형님!"

추룡이 나직이 말을 이었다.

"내 듣기로 남경 땅에선 의뢰 여하에 따라 은자 외에도 무공이나 영약을 보상으로 내거는 경우도 심심찮게 있다고 하더구나."

"그게 참말입니까?!"

"그렇다."

추서가 크게 고무돼 외쳤다.

"큰형님! 우리 삼형제가 언제까지 일류의 경지에 머무르란 법 따위 없지 않습니까! 큰물에서 놀다 보면 자연스레 기연을 얻을 기회가 올 것입니다!"

"네 말이 옳다."

무림의 변방 광동을 떠나 천하 낭인의 중심 남경 낭시에 입성한다.

매력적인 이야기였다.

"그럼 영입 제의를 받아들이겠다. 동의하느냐?"

"예, 형님."

"하하핫! 남경의 도박장은 광주 촌구석 도박장과 뭐가 달라도 다르지 않겠습니까! 기대됩니다, 큰형님!"

그렇게 광동삼살이 근거지를 광주에서 남경으로 옮기려고 결정한 바로 그때.

객잔 계단을 따라 누군가 걸어 올라왔다.

3층에 있던 자들 모두 무림인답게 본능적으로 계단을 올라오는 자에게 시선을 던졌다.

광동삼살 역시 마찬가지였다.

"……어?"

까마귀 깃털을 잔뜩 이어 붙인 듯한 기묘한 형태의 전포를 두른 소년 낭인.

환신이었다.

"큰형님! 저 녀석은?"

"맞다. 왕 노야 제자다."

광동삼살 모두 자리에서 일어나 환신 쪽으로 걸어갔다.

그를 맞이하기 위해서였다.

낭인들이 목숨처럼 여기는 불문율이 하나 있다.

-같은 부모를 둔 형제보다 함께 피 흘린 형제가 진짜 형제다!

광동계투라는 치열한 전투 속에서 등을 마주한 환신은 광동삼살에게 형제나 마찬가지였다.

하물며 총대장 철심수사를 척살하는 데 결정적인 공을 세웠으니.

형제들과 환신에게 다가가는데 추룡은 고개를 갸웃거렸다.

'……애송이의 기도가 달라졌다?'

불과 몇 달 사이에?

환신 역시 자신에게 다가오는 광동삼살을 보며 반갑게 인사했다.

"하하. 그간 격조했네요."

"그래, 오랜만이다. 남해에 간다더니 돌아온 것이냐?"

"예."

"왕 노야의 묘에는 들렀고?"

"거긴…… 아직 갈 때가 아니에요."

왕힐의 무덤을 찾는 건 천하의 정점에 등극한 후라고 맹세했으니까.

"……알겠다. 자, 이리 오거라. 같이 식사나 들자."

"감사합니다."

환신은 광동삼살이 주문한 음식을 함께 즐겼다.

한창 식사하며 이런저런 이야기를 나눌 때였다.

"예? 남경에 가신다고요?"

"그래. 요즘 광주 낭시는 영 재미없어서 말이다."

"……그렇군요."

내심 안도의 한숨을 내쉬었다.

'후아, 남직례를 중심으로 활동하는 광동삼살이 광주에 있어서 무슨 일인가 싶었는데 이 시기에 남경으로 가는 거였구만.'

며칠만 늦었으면 허탕 쳤을 걸 생각하니 등 뒤로 식은땀이 흘렀다.

'……안 되겠어. 오늘 무조건 광동삼살을 영입해야지.'

환신은 젓가락을 내려놓고 입을 열었다.

"광동삼살 선배님들께 드릴 말씀이 있습니다."

"어, 말해라."

얼큰하게 취한 추룡에게 환신이 진지한 얼굴로 말했다.

“전 낭인단을 만들 거예요.”

광동삼살 삼형제의 표정이 한순간 굳어졌다.

추서가 어이없다는 얼굴로 말했다.

“허어, 무슨 헛소리냐. 낭인단은 낭인 업계의 불문율상 절정고수가 아니면 만들 수 없다.”

절정고수는 대문파에서도 주요 전력으로 평가받는다.

소림칠대금강, 무당칠성검수, 화산매화검수 등 구파일방의 주요 전력은 하나같이 절정고수로 이루어져 있었다.

당연히 강호에서 절정고수는 흔히 볼 수 없는 존재였다.

무림 상위 1%랄까.

헌데 이제 갓 낭인이 된 애송이가 절정고수만 창립할 수 있는 낭인단을 입에 담다니.

어이가 없을 수밖에.

하지만 환신의 말은 여기서 끝이 아니었다.

진지한 얼굴로 입을 열었다.

“그런 의미에서 부탁이 있어요. 광동삼살 선배님들께서 제 낭인단에 가입해 주셨으면 합니다.”

추룡은 젓가락을 신경질적으로 내려놓고 차가운 얼굴로 말했다.

“왕 노야의 제자라고 봐줬더니 건방이 하늘을 찌르는구나. 이제 갓 낭인계에 발을 들인 애송이가 어찌 일급 낭인인 우리 형제를 밑에 들이려 하느냐. 이 이상 건방진 소리를 지껄이면 왕 노야의 제자라도 용서치 않을 것이다."

진심인지 슬쩍 자신의 박도를 잡았다.

추호와 추서 역시 각자의 병기를 쥐었다.

여차하면 휘두를 기세였다.

그 모습을 지켜보던 환신의 입가에 미소가 맺혔다.

조용히 품에 손을 집어넣었다.

광동삼살 앞에서 쥐었던 손을 폈다.

"……화살촉?"

그걸 왜?

그때였다.

환신의 손바닥 위에 있던 화살촉이 파르르 떨더니 천천히 허공으로 떠올랐다.

"헉?!"

"이게 무슨!"

기기시 끝이 아니다.

화살촉에서 황금색 빛이 방출됐다.

동시에 이글이글 타오르는 화살촉.

피부를 찌르는 강한 열기에 광동삼살 삼형제 모두 전율했다.

일양지기가 점차 압축되더니 어느새 날카롭기 그지없는 칼날 형태를 이루었다.

틀림없다.

"……검기상인!"

빛의 칼날을 머금은 화살촉이 쏜살같이 환신의 품으로 쏙 들어갔다.

광동삼살 삼형제 모두 침묵했다.

무슨 말을 할 수 있을까.

잠시 후.

추룡이 형제들을 대표해 입을 열었다.

"……불과 몇 달 사이 어찌 절정의 경지에 이를 수 있단 말이냐?"

환신은 어깨를 으쓱였다.

"당연히 기연이죠."

그것도 아주 많은 기연…….

광동삼살 삼형제는 납득한 듯 고개를 끄덕였다.

무림에서 이해하기 어려운 일이 벌어지면 기연으로 대충 퉁 쳐도 먹혔다.

"도대체 무슨 기연을 얻었길래 고작 몇 달 만에 절정고수가……."

추서가 부러운 눈으로 환신을 바라보았다.

모든 무인의 꿈이 기연을 얻어 더 높은 경지를 개척하는 것이다.

환신이 기연으로 절정고수가 됐으니 부럽기 짝이 없는

일이었다.

추룡은 고개를 끄덕였다.

"……절정고수면 낭인단을 꾸릴 자격이 있지. 허나!"

그는 눈을 가늘게 뜨고 환신을 보며 말을 이었다.

"고작 그걸로 네놈 밑에 들어갈 수 없다. 상승무공이나 영약을 조건으로 내걸고 영입을 시도한 낭인단이나 무림방파 역시 적지 않으니까. 그럼에도 우리 삼형제가 아직까지 적을 두지 않은 건 따를 만한 가치를 지닌 자를 만나지 못했기 때문이다."

추룡이 이를 드러내며 말했다.

"물론 무림 방파에 들어갈 생각 따위 처음부터 없었지만."

그 말에 환신은 자신의 추론이 맞았음을 깨달았다.

'역시. 제천사나 청류무사로는 광동삼살을 영입할 수 없다는 게 맞았어.'

환신은 고개를 끄덕였다.

"좋습니다. 그럼 제가 따를 만하다는 걸 어떻게 증명하면 될까요."

추룡이 씨익 웃으며 말했다.

"낭인의 세계에서 따를 만한 자는 당연히 강한 자다. 우리가 내건 조건을 수행해 스스로의 강함을 증명하면 된다."

"알겠습니다. 방법을 일러주세요."

광동삼살 삼형제는 서로의 얼굴을 보며 살짝 고개를 끄

덕였다.

추룡이 자리에서 일어났다.

"……따라오너라."

양주당춘을 나와 주작대로를 걸었다.

광동삼살 삼형제는 대로를 걷다 말고 골목으로 쑥 들어갔다.

환신 역시 뒤를 따랐다.

골목 안은 또 다른 세계다.

중세 중국이라도 도시는 도시.

특히 광주는 광동성을 대표하는 성도, 대도시였다.

도시가 도시로서 기능하기 위해 필요한 것들이 아주 많았다.

도축업자와 상인, 물장수 등은 기본이고 감히 대로변에 고개를 내밀 엄두조차 못 내는 부랑자들 역시 골목 구석구석을 점거하고 있다.

바닥에 널린 쓰레기와 짐승의 핏덩이, 기름 등을 밟으며 골목을 헤맨 끝에 작은 공터에 건설된 창고 건물에 도착했다.

추룡이 육중한 철문을 열쇠로 따며 말했다.

"들어가거라."

"예."

창고 안에는 잡동사니가 쌓여 있었다.

추서가 창고 벽 한쪽으로 가 바닥에 깔린 지푸라기 사이로 손을 집어넣었다.

-차르릉.

그가 집어 든 건 두꺼운 쇠사슬.

쇠사슬을 쥔 추서의 팔뚝이 크게 부풀어 올랐다.

"으랏차!"

쇠사슬을 당기자 바닥의 석문이 열리며 비밀 통로가 모습을 드러냈다.

'……무림인들은 지하 석실을 왜 이렇게 좋아하는 거지? 이게 그 갬성이란 건가?'

머리를 절레절레 흔들며 광동삼살 뒤를 쫓아 지하로 걸음을 내디뎠다.

창고 지하에 석재로 만든 연공실이 있었다.

다양한 병기가 보관대에 잔뜩 걸려 있고 꽤나 격하게 수련했는지 석벽은 물론이고 바닥과 천장 모두 날카로운 병기로 긁힌 자국이 가득했다.

"이 창고는 우리 형제 소유다. 조용히 수련에 집중할 수 있도록 신경 써서 꾸몄지."

"그렇군요."

추룡이 박도를 뽑아 들며 말했다.

"조건은 간단하다. 지금부터 우리 형제가 네게 100초식 동안 무차별적으로 살초를 전개하겠다. 너는 상처 없이 이를 받아내면 된다. 한 가지 더. 우리 형제 역시 상처 입혀선 안 된다. 받아들이겠느냐?"

내심 전형적인 '제천' 영입 퀘스트다 싶었다.

지금 추룡은 일류고수 삼 인의 합공을 상처 없이 감당하라 요구하고 있었다.

광동삼살과 철심수사의 결전에서 알 수 있듯이 이는 절정고수에게도 결코 쉬운 일이 아니다.

특히 이런 좁은 공간에선 더더욱.

한 끗 차이로 목숨이 날아간다.

하지만.

환신은 슬그머니 입꼬리를 말아 올렸다.

'……해볼 만하겠는데?'

고개를 끄덕이며 말했다.

"좋습니다. 받아들이죠."

"진심이냐?"

"그럼요. 설마 이제 와서 물리려는 건 아니죠?"

"……그럴 리가."

추호와 추서가 각자의 병기를 꺼내 들었다.

육중한 화극과 철창의 칼날이 환신을 향했다.

"일이 이렇게 됐으니 우리 형제는 최선을 다할 것이다. 죽어도 원망치 말거라."

"예."

환신과 광동삼살은 서로의 눈을 응시했다.

더 이상 망설일 이유 따위 없었다.

낭인이 전장에 서는데 구차한 미사여구 따위 필요치 않은 것처럼 말이다.

"그럼…… 간다!"

추룡을 필두로 추호와 추서의 병기에서 시퍼런 경력이 피어올랐다.

광동삼살 삼형제는 각자의 보신경을 펼치며 빠르게 쇄도했다.

그들을 보는 환신의 입가에 미소가 맺혔다.

순간.

환신의 양발 옆에 불꽃의 수레바퀴가 불쑥 튀어나왔다.

-끼이이이잉!

미친 듯이 회전하는 일륜과 함께 환신의 신형이 쏜살같이 뒤로 이동했다.

일반적인 보신경의 상식을 무참히 깨부수는 기이한 움직임.

은반(銀盤) 위를 유영하듯 미끄러졌다.

일류고수 시절과는 전혀 다른 기동력이다.

"이익!"

추룡이 신법을 전개해 환신을 바짝 쫓았다.

허나 일륜보의 신묘함은 추룡의 상상을 훌쩍 뛰어넘었다.

무릎조차 굽히지 않고 끝까지 광동삼살의 움직임을 주시하며 벽을 타고 그대로 올라갔다.

"마, 맙소사!"

그 광경을 본 추룡은 본능적으로 깨달았다.

무슨 기연을 얻었는지 모르겠지만 환신의 무위가 실로 예사롭지 않다고.

이곳은 자신들의 공간이다.

바닥에 깨진 청석 한 조각까지 완벽히 통제하에 놓여 있었다.

그간 광동삼살을 영입하기 위해 지하 수련장을 찾은 자들이 제법 됐다.

허나 하나같이 큰 부상을 입고 쓸쓸히 돌아갔다.

그중엔 검기를 줄줄 뽑아내는 절정고수도 있었다.

하지만 광동삼살 영입에 성공한 자는 없었다.

그만큼 조건이 까다롭다는 증거다.

환신은 달랐다.

기이하기까지 한 보신경을 펼쳐 광동삼살 삼형제의 폭풍 같은 연수합격을 여유롭게 회피한다.

환신을 향해 추서가 어마어마한 경력이 담긴 창격을 찔러 넣었다.

"으쌰!"

이게 중병기의 무서움이었다.

특히 추서는 철창의 무게를 바탕으로 이를 한 점에 집중시켜 파괴력을 극대화시키는 데 능했다.

경력이 잔뜩 실린 철창의 위력은 인간의 몸통에 수박만 한 구멍을 낼 정도.

허나 적중하지 않으면 소용없는 일이다.

-콰르르릉!

평지를 걷듯 일륜보를 펼쳐 자유자재로 벽면을 질주하는 환신.

벽을 따라 검게 그을린 자국이 쭉 생겼다.

환신은 추서의 창격을 요리조리 피했다.

그 모습이 그렇게 얄미울 수 없었다.

"여기도 있다!"

추호가 화극을 휘둘렀다.

화극에 달린 두 개의 월아는 단순히 베는 것에서 그치지 않고 적을 잡고 끌 수 있다.

광동삼살 삼형제의 연수합격은 항상 이런 식이다.

추호가 잡아끌고 추서가 몸통을 찌른 후 추룡이 목을 친다.

간단하지만 실로 효율적인 전술이었다.

전장에 특화된 이 수법은 투박하기 그지없어 정밀한 초식에 대한 강박증을 지닌 무림인들에게 멸시당했다.

특히 명문정파가 심하다.

그래서 광동삼살 삼형제는 무림방파를 싫어했다.

생과 사가 교차하는 전장에서 무림의 법도와 규칙, 체면 따위가 대체 무슨 소용이란 말인가!

무림에 법도가 있다면 전장의 법도 역시 존재한다.

자신들은 그렇게 생존해왔고 앞으로도 그럴 것이다.

환신은 입고 있던 흑익신화포를 휘둘렀다.

검은 깃털이 잔뜩 달린 전포 사이로 뜨거운 열풍이 팡 하고 터졌다.

"으으윽!"

살이 탈 듯한 열기에 광동삼살은 본능적으로 한 걸음 물러났다.

"크윽! 실로 강맹한 양강지기로구나!"

-콰르르릉!

전차가 내달리는 굉음과 함께 환신의 신형이 다시금 신출귀몰하게 움직였다.

"……맙소사."

박쥐처럼 천장에 거꾸로 선 채 흑익신화포로 몸을 푹 감싸고 자신들을 응시하는 환신.

기괴하기 짝이 없는 광경에 광동삼살 모두 할 말을 잃었다.

환신이 피식 웃으며 말했다.

"이제 23초 지났어요. 77초 남았으니 마음껏 공격하시죠."

"……."

추룡은 비로소 깨달았다.

어쩌면 자신들이 내건 조건 따위, 의미 없었는지도 모른다고.

'도대체 무슨 기연을 얻었길래 이리도 무공이 고강하단 말이냐!'

진짜 사나이를 자부하는 그의 가슴속에서 스멀스멀 질시의 감정이 치솟았다.

별수 없다.

그도 무인이었으니까.

"크아아아앗!"

울분을 담아 환신을 향해 박도를 휘둘렀다.

광동삼살 삼형제가 익힌 흑도의 내가기공인 흑미륵공을 통해 뽑아낸 진기를 박도에 있는 대로 밀어 넣어 파괴적인 경력을 쏟아냈다.

-키이이잉!

석실 천장을 온통 부술 기세다.

허나 소용없나.

기이한 보신경으로 천장을 빙판처럼 미끄러지며 광동삼살의 초식을 모조리 피해낸 것이다.

천장과 석벽, 다시 청석이 깔린 바닥을 자유자재로 오가는 삼차원적 움직임.

마치 유령을 상대하는 듯한 이 기동이야말로 수렵을 위해 탄생한 개금비의 진정한 위력이었다.

지하 석실은 광동삼살을 위한 전장이 아니었다.

'……이제 좀 연습이 되네.'

이 순간도 환신의 머릿속에선 개금비라는 절세무공이 새롭게 정립되고 있었다.

그때.

문득 창조적인 영감이 뇌리를 스쳤다.

'개금비 이거…… 일양지기가 아니라 태음지기로도 펼칠 수 있겠는데?'

어차피 칠대혈을 꽉 채운 태음지기인데 광자대력기의 진기 운용 방식을 태음지기에 맞춰 개량하면 써먹을 수 있지 않을까?

'어디 짱박힌 빙공 기연 하나 털어서 진지하게 연구해 보자고.'

개금비의 가능성은 여기서 끝이 아니었다.

어디까지나 가능성뿐이지만…… 일양지기와 태음지기를 하나로 합쳐 양극합벽을 이룰 수 있다면?

개금비는 새로운 다른 단계로 진입할 수 있겠지.

'너무…… 재밌어.'

기린지재가 품은 대종사의 재능은 착실하게 환신을 무

의 머나먼 지평선 너머로 이끌고 있었다.

순식간에 90여 초가 지나갔다.

그사이 광동삼살의 공격은 옷깃조차 스치지 못했다.

무기 몇 번 휘두르면 이번 내기는 환신의 승리로 마무리 될 게 분명했다.

'……하지만 이대로는 끝내긴 뭔가 아쉬워.'

압도적인 모습을 선보여야 한다.

향후 거친 낭인들을 수하로 부리려면 광동삼살부터 휘어잡아야 했으니까.

'그럼…… 간다!'

환신의 손에 시커먼 그림자가 일렁이더니 어느새 화살촉 세 개가 쥐어져 있었다.

흑익신화포의 공능, 흑영낭(黑影囊)이다.

환신은 흑익신화포와 진기를 공유해 그림자 속에 여러 물건을 보관할 수 있었다.

흑영낭엔 환신이 기연 수확 과정에서 얻은 여러 보물이 보관돼 있었다.

화살촉 역시 흑영낭 안에 숨겨진 물건 중 하나였다.

광자대력기를 끌어올려 화살촉에 일양지기를 집중시켰다.

-즉발식 발동!

후발선제의 묘리로 화살촉이 순차적으로 발출됐다.

화살촉에 맺힌 일양지기가 날카롭게 뻗어 나가더니 빛의 칼날을 뽑아냈다.

세 줄기 광자검기는 정확히 광동삼살의 목을 노렸다.

"흡!"

광자검기가 뿜어내는 어마어마한 경력에 추룡이 헛바람을 들이켰다.

'……죽는다!'

황금빛이 번뜩이고 무지막지한 열기와 함께 소름 돋는 무형의 경력이 전신을 때린다.

이건…… 확정적 죽음이다.

찰나지간 눈꺼풀조차 깜박이지 못하고 죽음을 받아들여야만 했다.

하지만.

개금비(蓋金飛) 제2초 회선광(回旋光)이 발동했다.

광자검기가 자연계에서 불가능한 직각 기동을 하더니 순식간에 광동삼살 삼형제의 뒷목을 노리고 들어갔다.

–딱!

경추를 때리는 따가운 감각.

목 옆에 늘어진 머리카락 일부가 강한 열기에 타 재가 됐다.

석실 바닥에 통통 튀기는 화살촉을 보자 이 모든 일이 현실임을 깨달았다.

환신이 광자검기 직격 전에 진기를 갈무리하지 않았으면 어찌 되었을까?

분명 목이 베어져 바닥을 뒹굴고 있었겠지.

청석 바닥에 사뿐히 내려앉은 환신이 멋스럽게 흑익신화포를 휘날리며 입을 열었다.

“100초식 끝. 제 승리예요.”

광동삼살 삼형제 모두 입을 다물었다.

환신의 고절한 무위에 할 말을 잃은 것이다.

동시에 얼굴이 붉어졌다.

환신이 비록 대단한 고수지만 얼마 전까지 자신들 휘하에 있던 신참 낭인이다.

헌데 갑자기 내기에 져서 밑으로 들어가려니 차마 입이 떨어지지 않았다.

그때.

-털썩!

별안간 추룡이 청석 바닥에 무릎을 꿇었다.

“형님!”

“큰형님! 왜 그러세요!”

“조용히 해!”

버럭 소리 지르는 추룡.

그는 하늘을 향해 포권하며 말했다.

“나 박살도 추룡! 태어나서 지금까지 입 밖에 내뱉은 말

중 지키지 않은 게 없고 그것이야말로 광동 사나이가 걸을 길이라 믿었다! 그 생각은 지금도 변함없다! 나는 내 입으로 분명히 말했다! 조건을 수행하면 애송이, 아니, 환신의 낭인단에 들어가겠다고! 당당한 광동 사나이가 어찌 바닥에 떨어진 말을 주워 담을 수 있단 말이냐!"

추룡은 환신에게 절을 올렸다.

"이 자리에서 하늘에 대고 맹세하노니! 낭인 환신을 주군으로 모시고 생과 사를 함께하겠노라!"

"으으……."

추룡은 고개를 돌려 추호와 추서를 보고 크게 소리쳤다.

"자! 너희는 어찌할 테냐!"

이글이글 타오르는 맏형의 눈빛에 추호와 추서 역시 굴복할 수밖에 없었다.

그들 모두 바닥에 무릎 꿇었다.

-털썩! 털썩!

환신에게 절을 바치며 외쳤다.

"주군을 뵙습니다!"

동생들까지 환신에게 충성 맹세를 마치자 추룡이 그를 보며 말했다.

"주군! 소인 박살도 추룡! 주군께 한 가지 약속을 받고 싶습니다!"

"말하세요."

그는 당장에라도 으르렁거릴 듯 거칠게 입을 열었다.

"명문 정파 나부랭이나 논할 명분! 사마외도나 추구할 피에 미친 광기! 이 모든 것에 앞서 낭인답게 오직 주군의 이익을 우선시해 주십시오!"

추룡의 외침에 등골을 타고 흐르는 전율을 느꼈다.

그는 환신에게 패도를 쫓으라 요구하고 있었다.

실로 낭인다운 말이 아닐 수 없다.

'어쩌면…… 내 성질머리엔 제천사나 청류무사보다 처음부터 낭인이 잘 맞았던 건지도 몰라.'

낭인의 길을 걷다 보면 오만 개고생과 괄시, 혐오, 모욕은 따놓은 당상이다.

그럼에도 순수하게 자신을 따르는 자들을 하나둘 늘려간다면…… 정말로 해낼 수 있을지 모른다.

무림일통의 길.

그 위대한 여정을 이들과 함께하고 싶다.

"좋습니다. 나와 낭인단의 이익을 무엇보다 우신하겠습니다."

"감사합니다, 주군!"

충성 맹세가 끝나자 추서가 입을 열었다.

"그런데 주, 크흠. 주군. 낭인단 명칭은 뭐로 하실 생각입니까?"

추서의 물음에 환신은 씨익 웃으며 답했다.

"흑오단(黑烏團). 흑오단입니다."

추룡 역시 고개를 끄덕이며 긍정을 표했다.

"흑오단. 검은 까마귀라. 나쁘지 않군요. 아니, 좋은 이름 같습니다."

"그렇죠?"

흑오단은 제천사나 청류무사로 플레이할 때 항상 자신의 무력 부대명으로 사용했던 이름이다.

모티브는 당연히 흑익신화포에서 따왔다.

환신은 광동삼살을 쓸어 보며 입을 열었다.

"단도직입적으로 말하겠습니다."

"주군! 부디 하대를 베풀어 주십시오! 상명하복이야말로 군신 관계의 근본입니다!"

추룡이 호소하자 환신은 고개를 끄덕였다.

"……좋다. 그럼 계속하겠다. 추룡, 추호, 추서 삼형제 모두 지금의 경지론 향후 천하를 종횡할 무적 흑오단원으로서 많이 부족하다!"

"예? 그게 무슨……."

흑익신화포를 휘두르며 강한 어조로 질타했다.

"나는 흑오단을 수백 명이 득실대는 대규모 낭인단으로 키울 생각 따위 없다! 전원 절정고수로 이루어진 최정예 낭인단을 조직할 계획이다! 이렇게 키운 낭인단을 향후 낭인병단으로 확대 개편하겠다!"

"헉! 그, 그럴 수가……."

환신은 무심히 품에 손을 집어넣어 흑영낭에서 무언가를 꺼내 추룡에게 건네주었다.

서책이다.

광동삼살 삼형제는 환신이 건넨 서책을 살펴보았다.

각각 불괴수라마공, 천애무아도(天涯無我刀), 천절추혼극(天絶追魂戟), 궁기마창(窮奇魔槍)이라 적힌 네 권의 책자.

광동삼살 삼형제는 두 눈을 부릅떴다.

"이, 이것은……?!"

"모두 극성까지 익히면 초절정의 벽을 우습게 돌파할 수 있는 절세무공이다. 하나같이 무림에 등장하면 피와 살육이 난무하는 쟁탈전이 벌어질 물건이니 완전히 외우고 태워 버려!"

환신은 특유의 장난기 넘치는 웃음을 내보이며 말했다.

"내 수하가 됐으니 하루라도 빨리 절정의 경지를 개척해 줘야겠어."

이리도 갑작스러운 기연이라니!

허나.

그들은 알지 못했다.

이건 앞으로 그들 입에 억지로 쑤셔 넣어질 수많은 기연의 시작일 뿐이라는 사실을 말이다.

당장은 그저 감격스러울 뿐이다.

광동삼살 삼형제는 격동을 이기지 못하고 온몸을 부들부들 떨었다.

추룡이 환하게 웃으며 청석에 머리를 박고 절을 바쳤다.

"주군의 은혜에 감읍할 따름입니다!"

"감읍할 따름입니다!"

그 광경을 지켜보는 환신의 입가에 회심의 미소가 맺혔다.

'이제 시작이야!'

2장
합비로

환신은 팔짱을 낀 채 청석 바닥에 가부좌를 틀고 운기조식하는 광동삼살을 지켜보고 있었다.

전신에서 푸른 파동이 일렁였다.

동시에 어마어마한 자연기가 광동삼살에게로 몰려든다.

“역시 보통 재능이 아니야.”

물론 신화적인 재능인 기린지재에 비할 바는 아니다.

허나 평범한 무공과 궤를 달리하는 신공절학인 불괴수라마공을 착실히 익히는 것만으로도 그들의 재능이 뛰어남을 반증했다.

그때였다.

“쿨럭.”

추서가 몸을 부르르 떨더니 울컥 검은 피를 토했다.

주화입마의 징조였다.

환신은 곧장 추서의 등에 손가락을 찔러 넣었다.

-팟! 파팟! 팍!

이미 불괴수라마공을 2단공까지 익힌 환신이다.

세상 누구보다 이 무공에 대해 잘 알고 있었다.

순식간에 혈도를 점해 기혈을 다스린 후 명문혈에 손을 뻗었다.

추서의 귀로 한 줄기 전음이 꽂혔다.

「진기를 도인할 테니 구결 외면서 잘 따라와!」

동종 무공을 익힌 환신이었다.

그가 진기를 이끌어주자 추서는 그대로 따라왔다.

진기도인은 어지간한 믿음 없인 시행할 수 없는 고도의 내가공부.

자칫 잘못했다간 환신 자신까지 주화입마에 이를 수 있었다.

하지만 걱정하지 않았다.

기린지재를 믿고 있었으니까.

여기에 자연기와 영력의 흐름을 볼 수 있는 기린안까지.

진기도인 따위, 환신에겐 식은 죽 먹기였다.

그렇게 추서는 자칫 공력이 전폐될 수 있는 위기의 순간을 무사히 넘길 수 있었다.

운기조식이 끝났다.

추서가 포권하며 크게 외쳤다.

"주군의 은혜에 감사드립니다!"

환신은 그런 추서의 어깨를 툭툭 두드렸다.

광동삼살 삼형제 모두 키가 7척(약 2m)이 넘는 장신인지라 어깨 두드리기도 쉽지 않았다.

기분이 살짝 상했지만 넘어가자.

"……그래. 불괴수라마공의 축기 속도는 타의 추종을 불허하지만 대신 주화입마의 위험이 매우 크다. 그러니 연공에 항상 주의하고. 불괴수라마공 경지가 3단공, 소성(小成)에 이르면 주화입마 위험이 확 주니 그때까진 내가 봐주도록 하지."

"감읍드립니다, 주군!"

추룡이 웃으며 말했다.

"주군! 신공의 위력이 실로 대단합니다!"

그는 장식대에 걸린 단도를 뽑아 자신의 팔에 대고 휘둘렀다.

-캉!

쇠 부딪치는 소리와 함께 잔근육으로 울퉁불퉁한 추룡의 팔뚝에 작은 혈선이 생겼다.

그 혈선조자 삽시간에 아물었다.

"……겨우 1단공을 완성했을 뿐인데 마치 철포삼이나 금종조를 같은 외문무공 익힌 듯 피부가 단단해지고 뼈대가 굵어지는 건 물론 상처를 수복하는 재생능까지 제공하다니. 실로 놀랍기 그지없습니다.”

“큰형님! 그것뿐만이 아닙니다! 어지간한 독은 침 한번 뱉으면 전부 배출됩니다! 이건 정말…… 우리 같은 낭인에겐 최고의 무공입니다!”

추호 역시 고개를 끄덕였다.

“축기 속도는 그간 우리 형제가 익힌 흑미륵공의 수십 배에 이르지. 주군께서 일러주신 바에 의하면 불괴수라마공상의 역혈수라대법을 전개하면 일시적으로 공력이 대폭 증가한다고 한다. 내상조차 재생능으로 손쉽게 다스릴 수 있으니 이런 신공절학은 들어본 적도 없다.”

“주군께서 내려주신 천애무아도는 또 어떻고. 지금까지 익힌 도법이 쓰레기처럼 느껴질 지경이구나.”

“소제 역시 마찬가집니다.”

“저도요! 큰형님!”

추호와 추서 역시 천절추혼극과 궁기마창의 신묘함에 푹 빠져 있었다.

그야말로 꿈에 그리던 절세무공이다.

그 때문일까?

광동삼살 삼형제는 요 근래 정수리가 살살 가려운 느낌을 받았다.

절정의 벽을 깨기 직전 상태임을 알리는 신호였다.

“이번엔 초식을 봐주겠다. 다들 펼쳐봐!”

"예! 주군!"

광동삼살은 각자의 무공을 전심전력으로 풀어냈다.

오늘 땀을 흘리면 내일 쏟을 피 한 바가지를 줄일 수 있다.

그것이 낭인이 사는 세계였다.

환신은 광동삼살이 초식을 전개할 때마다 투로가 툭툭 끊기는 부분을 정확히 짚어냈다.

"그게 아니지! 봐봐, 이렇게!"

추서의 화극을 뺏어 들고 천절추혼극 초식을 펼치는데 그 동작이 한 치의 오차도 없었다.

그 광경을 본 광동삼살 모두 경악한 나머지 눈망울만 끔뻑거렸다.

덩치가 산만 한 상남자들이 저렇게 보다니.

"……부담스럽다. 그만 봐!"

"헉! 송구합니다, 주군!"

"계속하겠다. 천절추혼극을 펼칠 때 투로를 이 각도로 가져가면 초식의 변화폭이 3배가량 증가한다."

"그, 그렇군요."

"이러면 초수 공방에서 승률이 확 높아지지. 다들 너무 강맹한 초식에 매몰되지 말고 정밀한 초식 운용을 위한 기반을 닦아야 한다."

"명심하겠습니다, 주군!"

"좋아!"

환신은 추호에게 화극을 던지며 말했다.

"계속해."

"예!"

광동삼살은 환신에게 진심으로 감복했다.

나이를 떠나 더 높은 무의 경지를 개척한 환신의 모습은 그야말로 무인의 표상처럼 위엄이 철철 흘러넘쳤기 때문이다.

그런 환신의 얼굴이 삽시간에 어두워졌다.

"……이런 젠장. 시간 됐네."

한숨을 푹 쉬고 광동삼살에게 말했다.

"잠시 운기조식 좀 하겠다."

"예! 주군!"

환신은 석실 구석에 가서 가부좌를 틀었다.

잠시 후 전신 칠대혈에서 가공할 한기가 피어오르기 시작했다.

태음칠절맥 발작이다.

흑영낭에서 가죽띠를 꺼내 입에 물고 광자대력기를 운용했다.

'끄아아아아악!'

끔찍한 내적 비명.

일양지기가 칠대혈을 꽉 채운 태음지기의 벽을 넘을 때마다 지옥문을 지나는 게 이거다 싶을 정도로 고통이 전신을 휩쓸었다.

일주천할 때마다 상단전에 안착하는 선천지기가 아니었으면 이런 지랄 맞은 고통 따위, 견딜 엄두도 못 냈겠지.

'시바아아아알! 내가 하루라도 빨리 양대신의 잡으러 간다! 젠자아앙!'

찾아갔는데 막상 치료 안 해준다고 하면 머리통에 화살촉을 박아줘야지.

딱 그 심정이다.

그렇게 차 한잔 마실 시간 동안 지옥 같은 고통을 겪고 비틀거리며 일어났다.

"주, 주군! 왜 그러십니까?"

물고 있던 가죽띠를 퉤 뱉고 다시 흑영낭에 집어넣었다.

"돼, 됐어. 가 봐."

광동삼살은 시퍼렇게 질린 채 다리를 후들거리며 계단 위로 올라가는 환신의 뒷모습을 보고 존경심 가득한 눈빛을 보냈다.

"저리 무공이 고강하신데도 불구하고 한시도 쉬지 않고 용맹 정진하시다니! 앞으로 주군을 지근거리에서 보필할 우리 역시 질 수 없지 않은가! 호야! 서야! 주군께 불민한 수하가 돼선 안 된다!"

"물론입니다, 형님!"

"자! 있는 힘껏 병기를 휘둘러라!"

"으쌰아!"

뭔가 단단히 착각한 광동삼살의 수련이 끝난 건 그로부터 1시간 뒤였다.

창고로 올라온 상남자 삼형제는 창고 앞 공터에 마련된 의자에 앉아 따뜻한 햇볕을 즐기며 고통으로 바스러질 거 같은 멘탈을 추스르는 환신에게 다가가 말했다.

"주군. 식사하러 가시지요."

"응? 식사?"

"예. 양주당춘에 예약해 뒀습니다."

"……가자."

시궁창 같은 중세 중국이지만 그나마 마음에 드는 게 하나 있었다.

음식이다.

겁나게 비싸서 그렇지 현대 요리 뺨칠 정도의 수준을 자랑했다.

양주당춘에 도착한 환신과 광동삼살.

대로변에 걸린 아름다운 등을 감상하며 상다리가 부러질 정도로 차려진 광동 특선 요리를 천천히 음미했다.

천하일품 광동 요리를 즐기는 와중에 문득 이런 생각이 들었다.

처음 이 세계에 떨어지고 양주당춘에서 먹은 첫 끼는 바로 개죽.

허나 지금 즐기는 광동 특선 요리는 현대에도 맛본 적 없는 대단한 요리였다.

지닌바 신분에 따라 누리는 게 천차만별인 세상.

신분의 기준은 오직 힘!

무공이다.

'……강해져야 돼.'

지금보다 더더욱.

그런 생각을 할 때였다.

누군가 계단으로 걸어 올라왔다.

환신을 포함해 3층에 있는 모두가 본능적으로 그자를 응시했다.

특이한 차림의 인물.

등에 '순(旬)'이란 글자가 새겨진 목갑을 짊어진 남자였다.

한창 입에 음식을 쓸어 넣고 있던 추서가 말했다.

"어? 제천순구잖아."

환신 역시 저 남자에 대해 잘 알고 있었다.

왜냐하면 '제천'에서 너무나 큰 비중을 차지하고 있었으니까.

제천순구(制天旬鳩)는 제천맹에서 열흘에 한 번 발행하는 제천순보라는 소식지의 외매(外卖), 즉 배달부다.

제천순보를 나르는 비둘기라는 뜻이니 실로 적절한 호

칭이 아닐 수 없다.

피를 싫어하는 온건한 성향의 무인이나 제천순구에서 제공하는 전용 보신경을 노린 자들이 지원한다는 설정이다.

이런 제천순구로 이루어진 조직이 바로 제천순구행.

이들은 천하를 떠돌며 제천순보를 배달하고 또 정보를 모은다.

그 과정에서 은을 받고 작은 물건 배송을 맡기도 하지.

'무림판 쿠팡맨이랄까.'

덕분에 강호인들은 제천맹과 천하 각지의 소식을 빠르게 접할 수 있었다.

'물론 이게 다 제천맹의 천하 지배를 위한 포석이지.'

소식을 전하고.

물건이 오간다.

통치 행위의 기본이다.

이를 통제함으로써 제천맹이라는 거대 세력의 지배력이 중원 전체에 거미줄처럼 뻗게 되는 것이다.

'제천'이 출시되고 몇 년이 지났는데도 아직 밝혀지지 않은 통칭 '제천 7대 불가사의'가 존재한다.

그중 하나가 베일에 가려진 제천순구행의 실질적인 주인, 편집국 총주간의 정체다.

환신 역시 궁금하긴 마찬가지였다.

'제천' 시스템상 제천순구는 플레이어에게 여러 소식을

알리고 서브 퀘스트를 제공하는 역할을 담당한다.

환신이 제천순구를 불렀다.

"여기요."

"예."

"제천순보 최신판 하나 주세요."

"여기 있습니다."

환신은 은원보를 꺼냈다.

손가락에 경력을 일으켜 모서리를 싹둑 잘라냈다.

"여기 은자 1냥이요."

"……잘 받았습니다."

제천순구는 환신을 쓰윽 보더니 품에서 작은 서책을 꺼내 세필로 무언가 쓰기 시작했다.

"……광주 성도의 객잔 양주당춘에서 정체를 알 수 없는 소년 무사 목격. 은원보를 손가락으로 자를 정도로 무공이 상당히 고강함. 엄청난 미소년. 인상착의는……."

자신에 대해 기록하고 있었지만 신경 쓰지 않았다.

제천순구가 늘 하는 짓이 저거니까.

'제천'을 플레이하다 보면 한 번도 가 보지 않은 지역에서 플레이어에 대해 아는 자를 만나는 경우가 비일비재한데 전부 제천순보 때문이다.

무인이 명성을 떨치는 최단 경로.

그게 바로 제천순보였다.

"……젠장. 앞으로 제천순보 구입 비용으로 은이 물처럼 흘러나가겠네."

하지만 어쩌겠는가.

빠르게 정보를 얻기 위해선 제천순보가 최곤데.

제천순보를 펼쳐 가장 중요한 소식이 담긴 1면을 읽어 내려갔다.

환신의 눈이 화등잔만 하게 커졌다.

-남궁세가 노대부인 타계!

옆에서 힐끔 제천순보를 훔쳐본 추룡이 입을 열었다.

"남궁세가 노대부인이면 제천팔패의 일익인 팔세영웅련(八世英雄聯) 련주의 모친 아닙니까. 한때 천하가 좁다 하고 활약한 여걸로 명성이 자자한데. 아까운 분이 가셨군요."

제천맹 서열 최상위를 점하고 있는 초절정고수 집단 자운백팔대성.

이 중 거대 문파의 수장 격인 천강삼십육장 중 제천팔패 수장으로 이루어진 팔대명왕 중 한 명.

그가 바로 일검명왕 검제 남궁천이다.

남궁천은 또한 남궁세가의 현 가주이기도 했다.

허나 천하에 그의 명성이 진동하는 이유는 따로 있었다.

남궁천이 바로…… 삼천경 중 천령의 경지에 오른 절대

고수였기 때문이다.

묵시천존과 천간십존이 자연재해 취급받는 제천맹 천하에서 실질적인 무림 최정상은 이들 팔대명왕이라고 보면 되겠지.

추룡의 말에 고개를 끄덕이고 계속 내용을 읽어 내려갔다.

노대부인의 장례식에 천하 각지의 유력 인사가 모여들고 있으며 장례는 49일간 거행될 예정이라고 적혀 있었다.

중원 전체에서 조문객이 몰려들고 있으니 당연했다.

환신의 눈빛이 격동으로 물들었다.

그럴 수밖에.

광동삼살의 무공을 봐주며 광주에서 시간을 때우던 그가 간절히 기다린 소식이 바로 이거였으니까.

'남궁세가 노대부인의 장례식에서 향후 천하를 피의 소용돌이로 몰아넣을 대사건이 벌어진다!'

그것이 '제천'의 진정한 시작.

한낱 낭인 나부랭이가 무림일통을 꿈꿀 수 있는 진정한 난세의 개막이다.

환신은 자리에서 일어나 광동삼살에게 말한다.

"모두 여기서 무공을 익히고 있어. 난 노대부인 장례식에 가 봐야 될 거 같다."

그 말에 추룡이 크게 외쳤다.

"주군! 그럴 수 없습니다! 주군이 계신 곳이 바로 우리 형제가 있을 곳입니다!"

"맞습니다!"

"데려가 주십시오, 주군!"

충정으로 이글거리는 광동삼살의 눈빛에 천천히 고개를 끄덕였다.

"……좋아. 같이 가자고."

의기천추(義氣千秋) 남궁세가의 총본산.

안휘성 합비로 말이다.

3장

신룡팔준

안휘성의 성도 합비는 소호(巢湖)에 걸쳐 있는 대도시로 유수를 통해 장강과 연결된 무역의 요지였다.

합비에는 의기천추로 이름 높은 남궁세가의 장원이 있는데 덕분에 중원에서도 치안이 좋고 경제력 높은 지역으로 알려져 있었다.

소호는 현재 남궁세가의 지배하에 있으며 장강수로맹조차 이를 묵인할 정도였다.

-끼익 끼익.

늦은 저녁.

작은 나룻배 한 척이 소호의 물살을 가르고 있었다.

나룻배 위에는 죽립인(竹笠人)이 노를 잡고 배를 몰았다.

"운무가 점점 짙어지는군."

아니, 그 정도가 아니다.

한 지점을 중심으로 나룻배가 빙글빙글 회전하고 있다.

죽립인은 무언가 계산하는 듯 손가락을 꼽으며 수를 셌다.

"……제갈세가의 천종미로진인가."

진법에 조예가 깊은 듯 한눈에 알아봤다.

그는 한 지점을 보고 심드렁하게 중얼거렸다.

"제갈 사형께서 미리 생문을 터놨군. 쓸데없는 짓을."

-파팟!

돌을 던져 운무 사이로 튀어나온 바위를 순서대로 때리자 진이 해제되고 스르륵 생문이 모습을 드러냈다.

천종미로진 본연의 위력이었으면 진법의 대가인 죽립인조차 이리 쉽게 생문에 진입할 수 없었겠지.

운무를 가르며 노를 저었다.

소호는 대형 담수호인 만큼 토박이 어부들조차 알지 못하는 섬이 제법 많았다.

이곳 역시 마찬가지다.

생문을 따라 나룻배가 도착한 곳은 아름다운 비단과 화려한 등으로 장식된 누각이 있는 작은 섬.

신기제갈(神機諸葛) 제갈세가의 비밀스러운 안가였다.

나루터에 배를 대자 궁장을 차려입은 미모의 시비가 다가와 허리를 숙였다.

"귀빈을 뵙습니다. 다들 기다리십니다. 저를 따라오시지요."

죽립인은 고개를 끄덕이고 시비의 뒤를 따랐다.

누각 앞에 조성된 정원을 걷는데 본능적으로 고도의 진법 원리에 따라 건설되었음을 깨달았다.

'여기가 진짜군.'

죽립인조차 시비의 안내를 받지 않고 진을 돌파하려면 몇 분은 걸리겠지.

계단을 따라 최상층에 올라가자 향긋한 음식과 술 내음이 가득했다.

진기한 장식품으로 품격 있게 꾸며진 방 안에 일곱 명의 사내가 술잔을 나누고 있었다.

사내들이 죽립인을 보고 아는 척했다.

"오, 막내 사제 왔는가."

그 말에 쓰고 있던 죽립을 벗었다.

다른 남자들에 비해 확연히 어려 보이는 홍안의 소년이었다.

관자놀이를 따라 길게 나 있는 희끗한 머리카락과 칠흑처럼 검은 오른쪽 눈과 달리 푸른 눈동자의 왼쪽 눈이 합쳐져 기이한 분위기를 자아냈다.

소년이 포권하며 정중히 고개를 숙였다.

"소인 을지효가 사형들께 인사 올립니다."

죽립인, 을지효의 말에 청옥으로 장식된 경옥관(瓊玉冠)을 쓰고 푸른 금의를 입은 고결한 인상의 남자가 입을 열었다.

"막내 사제는 항상 회동에 늦는군.

그의 면박에 자색 금의에 홍옥 경옥관을 쓴 흐트러진 옷차림의 퇴폐적인 남자가 나른한 어조로 말했다.

"거참 늦을 수도 있지 사제에게 그리 매정하게 말하다니. 인정머리 하고는."

"뭣이?"

그러며 서로를 보고 으르릉거리는 두 남자.

기이한 건 이들의 얼굴이 완전히 똑같다는 것이다.

두 남자는 쌍둥이였다.

유일한 차이는 눈 밑 붉은 점 두 개의 위치뿐.

이들이 바로 현 제갈세가 가주의 아들.

세간에 융중의 청금(靑錦)과 자금(紫錦)으로 알려진 제갈노아와 제갈모세 형제로 이번 회동의 장소를 제공했다.

그때 순백의 학사의를 걸치고 와룡관(臥龍冠) 쓴 40대 남자가 백우선을 부치며 앞으로 나섰다.

"허허, 진정하게 제갈 사제들."

남자의 말에 제갈 쌍둥이는 서로를 보며 흥 하고 코웃음을 치더니 고개를 돌렸다.

백우선을 든 남자는 고개를 절레절레 흔들며 자리에서 일어나 말했다.

"우리 여덟 사형제가 회동을 가지는 것도 2년 만이군.

회동의 계기가 남궁세가 노대부인의 장례라니, 실로 안타까운 일이 아닐 수 없구나. 그런 의미에서 나 동악신(東岳神) 공손자렴이 술 석 잔으로 노대부인의 넋을 위로하겠다."

대사형이 마시는데 사제들이 어찌 가만있을 수 있을까.

공손자렴이 잔에 술을 따라 마시자 그들 역시 잔에 술을 한잔 따르고 목구멍으로 넘겼다.

이 자리에 있는 여덟 사형제.

이들이야말로 천하제일지자(天下第一知者) 신장룡(神長龍) 맹하후의 제자들이었다.

맹하후는 제천맹을 총괄하는 제천내각의 수장인 제천대승상직을 맡고 있는 일인지하 만인지상의 인물.

묵시천존을 설득시켜 제천맹 천하를 이룩한 장본인이다.

달리 '제천맹의 설계자'로 불리며 제천맹에서 그의 서열은 봉공인 천간십존과 대등했다.

그야말로 일인지하 만인지상의 당금 강호 최고 거물.

백년 내 최고의 선비로 평가받는 맹하후에겐 여덟 명의 제자가 있었는데 그의 지인들은 이들을 신룡팔준(神龍八俊)이라 불렀다.

신장룡의 준마와 같은 여덟 제자라는 뜻이다.

이들 신룡팔준은 40대 초반인 대사형 공손자렴부터 10대 후반인 을지효까지 연령도 다양했다.

하나같이 당대 최고를 다투는 책사로 천하를 진동시킬

재능의 소유자이며 하나의 국가를 일굴 국사무쌍의 건국지재(建國之才)였다.

공손자렴이 탁자에 잔을 내려놓으며 입을 열었다.

“스승님께서 천존께 천하대계가 담긴 헌책(獻策)을 올리고 어언 30여 성상. 그간 강호는 실로 평화로웠다.”

사형제들은 또 시작이라며 속으로 한숨을 내쉬었다.

늘 생각하는 거지만 대사형은 옛날이야기를 정말 좋아했다.

별수 있는가.

전혀 다른 성향의 사형제를 하나로 묶어주는 유일한 구심점이 대사형 공손자렴이었으니.

맞춰주는 수밖에.

“천존과 스승님께서 손을 잡고 제천맹 천하를 이룩하기 전까지 중원은 피로 피를 씻는 지독한 혼란의 시대였다.”

모두가 아는 이야기다.

정도와 마도, 백도와 흑도의 원한이 겹겹이 쌓여 하늘에 닿았다.

끝없는 분쟁의 늪.

그 중심엔 하늘 아래 적이 없다 자부하는 십 인의 절대지존이 있었으니.

천하는 그들을 일컬어 천간십존(天干十尊)이라 부르며 존숭해 마지않았다.

천간십존의 대립과 거대 세력 간 이합집산은 쟁투강호 시대를 열어 무림은 하루도 피가 마를 날이 없었다.

피가 원한이 되고, 원한이 다시 혈겁으로 이어지는…… 그런 시대였다.

그 암흑 시대를 제압하고 훗날 무공 천하제일의 칭호를 얻게 되는 인물이 바로 어느 날 홀연히 등장한 묵시천존(默示天尊).

쟁투강호 시대의 종막을 장식한 대사건이 바로 묵시천존과 천간십존이 벌인 생사결 태산쟁위(泰山爭位)였다.

공손자렴은 수염을 쓰다듬으며 말했다.

"지금도 기억이 생생하구나. 부친께서 어린 나를 이끌고 태산까지 걸음 하셨지. 수만, 아니, 수십만 무림동도가 한 자리에 모였다. 실로 압도적 광경이 아닐 수 없었지. 수십만 군웅이 한자리에 모인 이유는 오직 단 하나. 천망경의 절대고수 11인이 벌이는 생사결을 보기 위해, 아니, 느끼기 위해서다."

"아."

신룡팔준 사형제 중 오직 공손자렴만이 태산쟁위를 직접 목격했다.

부러운 일이 아닐 수 없었다.

"수많은 무림인의 열망에 보답이라도 하듯 절대자들의 생사결은 실로 경천동지했다. 태산쟁위의 여파로 태산의 봉우리 절반이 사라졌으니 그 격렬함을 더 말해 무엇하랴. 한 가지 분명한 사실은 칠주야에 걸친 생사결 끝에 십대봉공께선 천존께 패배를 자인했고 그날로 무림에 평화가 찾아왔다는 것이다."

공손자렴의 말에 그와 완전히 대비되는 검은 학창의에 검은 와룡관, 흑우선을 든 사형제 중 둘째 북기린(北麒麟) 사마작이 입을 열었다.

"그리고 강호는 제천맹에 의한 평화의 시대 '천존의 치(天尊之治)'를 맞이하게 되지요."

"바로 그러하다. 허나 이를 두려워하는 자들이 있었지."

얼굴에 검은 두건을 두른 음침한 인상의 흑의 사내, 넷째인 인면괴(人面怪) 오즐이 특유의 쇠 긁는 목소리로 중얼거렸다.

"황실……."

대명제국을 건국한 초대 황제 역시 근원을 따지면 무림의 힘을 빌려 나라를 세웠으니 하나로 통합된 무림의 힘이 두렵기 그지없었겠지.

터질 듯 우락부락한 근육과 잔뜩 주름진 얼굴이 인상적인 셋째 서잠호(西潛虎) 양량이 퉁명스럽게 한마디 던졌다.

"덕분에 전대 황제께서 치명적인 실수를 하셨지."

묵시천존을 암살하기 위해 동창과 서창, 금의위를 총동원하는 건 물론이고 황실의 숨겨진 힘까지 개방했다.

결과는?

몰살!

단 한 명도 살아 돌아오지 못했다.

누구의 도움 없이 묵시천존 홀로 황실의 모든 힘을 찢어 발겼다.

이후의 행보 역시 범상치 않았다.

홀연히 자금성으로 쳐들어가 앞을 막아서는 모든 걸 분쇄하고 황제 앞까지 가 그를 겁박한 것이다.

무림동도 누구도 천존을 비난하지 못했다.

온통 눈이 그려진 기괴한 비단옷에 자신의 눈엔 화려한 색상의 띠를 두른 다섯째 지박리(地縛魑) 태사헌이 빈정거렸다.

"설령 천자라 할지라도 어찌 당대 무림지존에게 당당히 오라를 받으라 이르지 않고 다짜고짜 살수를 보낸단 말인가."

이 부분에선 같은 생각이 아닌 듯 사형제 모두 말을 아꼈다.

그만큼 민감한 문제였으니까.

황실의 암살 시도 후 분노한 수십 만 무림동도가 남경에 집결했다.

그들이 경항대운하를 따라 천진을 거쳐 북경을 포위하자 황제 탈환을 위해 충성스러운 장군과 백만 황군이 구름처럼 몰려들었다.

허나 이들 모두 신장룡 맹하후의 귀계와 무림 그 자체라 해도 과언이 아닌 제천맹의 압도적인 힘에 격파당했다.

수년에 걸쳐 중원 전역에 제천맹과 관부의 산발적인 접전이 벌어지지만 결국 제천맹의 압승으로 끝나게 된다.

이후 강제로 폐위당한 전대 황제의 아들인 현 황제는 제천맹과 조정이 동등한 관계임을 인정한 칙령을 반포.

제천맹은 명실상부 황실조차 건드릴 수 없는 절대 세력으로 거듭난다.

천하에 융중의 청금, 사형제들 사이에선 남봉황(南鳳凰)이라 불리는 여섯째 제갈노아가 씁쓸한 얼굴로 말했다.

"천자께서 칙령을 반포한 이래 양인들은 조정과 제천맹, 양측에 조세를 내고 있지요. 덕분에 제천맹에 적을 올린 무인은 기본적인 생계를 유지할 수 있을 만큼 은자를 받습니다. 물론 얼마 안 돼 전부 술이나 도박으로 탕진하지만. 덕분에 양인의 부담이 커졌지만 어쩌겠습니까. 그게 현실인 것을."

이것이 바로 제천맹 천하.

무림이 관을 압도한 중원의 모순이다.

막내인 중금오(中金烏) 을지효가 조용히 입을 열었다.

"여기에 큰 공을 세우신 분이 바로 노대부인이지요. 그분께서 죽마고우인 스승님의 제안에 따라 검제 어르신을 설득해 남궁세가의 제천맹 합류를 이끌었으니. 제천공신록(制天功臣錄) 첫 장에 이름을 올리실 만합니다."

"막내 사제의 의견에 동의한다."

다른 사형제들 역시 이 부분에선 이견이 없는 듯 고개를 끄덕였다.

그때 사마작이 흑우선을 손바닥에 탁 내려치며 말했다.

"허나 천존께서 공식 석상에 모습을 드러내지 않은 지 어언 십여 성상. 천하가 요동치고 있습니다."

오즐이 음산한 목소리로 답했다.

"마천루(魔天樓)의 움직임이 심상치 않소. 특히 당대 천마는 노골적으로 야심을 드러내고 있지."

태사헌 역시 이에 응하듯 입을 열었다.

"사사천(邪死天) 천주 역시 마찬가지."

양량이 여전히 심드렁한 어조로 말했다.

"팔대명왕(八大明王) 중 마도와 사도의 지존이 이리 노골적으로 야심을 드러내니 천하대란의 징조가 아니고 뭐겠습니까."

공손자렴이 한숨을 내쉬었다.

"스승님께서 이룩하신 태평천하도 여기까지인가."

그 말에 융중의 자금, 사형제들은 천구(天狗)라 부르는 일곱째 제갈모세가 싸늘한 어조로 말했다.

"강호가 평화로운 게 오히려 비정상입니다. 오직 천존과 십대봉공, 그리고 스승님이 계셨기에 30년에 이르는 평화의 시대가 가능했습니다. 허나 천존께서 모습을 드러내지 않은 지 10년. 강호의 영웅호걸들은 참을 만큼 참았습니다. 오히려 천존의 그림자가 그토록 짙었기에 10년이라는 세월을 붙잡아둘 수 있었던 거죠."

"내가 회동을 주선한 이유가 바로 거기에 있다."

공손자렴이 천천히 입을 열었다.

"스승님의 전언이다. 얼마 후 천존께서 후계에 대한 의중을 밝히실 거라고 하셨다."

순간.

장내에 깊은 침묵이 내려앉았다.

공손자렴은 자리에서 일어나 누각 아래 호수를 따라 내비치는 달그림자를 응시하며 말했다.

"사제들. 지금부터 하는 이야기는 부디 함구해 주길 바라네."

"알겠습니다."

"대사형의 명을 따르겠소."

모두 동의하자 이야기를 이어나갔다.

"천존께선 제천맹 총단이 위치한 천진의 반산(盘山) 지하 백 장 아래 위치한 고대 동혈 천지혈(天地穴)에서 연공 중이시네."

그는 눈을 빛냈다.

"승천경에 도전하기 위해 말이야."

그 말에 냉혈의 소유자인 신룡팔준 모두 경악을 감추지 못했다.

태사헌이 떨리는 목소리로 물었다.

"대, 대사형. 그 말이 사실이오?"

공손자렴이 고개를 끄덕이자 사마작이 한숨을 내쉬었다.

"승천경이라……."

무학의 절대경지 삼천경은 총 세 단계가 나뉜다.

신의 입문, 천령(天靈).

천마신교의 시조 일대천마, 소림사를 창건한 달마대사, 그리고 무당파 개파조사 장삼봉이 이르렀다는 무의 끝, 천망(天忘).

그리고 무림의 역사가 시작된 이래 누구도 도달하지 못한, 봉신전설 속 신선의 경지 승천지경(昇天之境)이 그것이다.

어느 시대건 무공 천하제일은 천령, 혹은 천망의 고수였다.

물론 천망의 고수가 출현한 적 역시 몇 번 없지만.

허나 당금 강호는 달마, 장삼봉과 대등하거나 이를 능가하는 경지에 이른 인물이 무려 11명.

현 강호는 무림 역사상 가장 강대한 힘을 보유하고 있다.

이 모든 힘이 묵시천존을 정점으로 하는 제천맹 한곳에 집중돼 있으니.

제천맹 천하는 너무도 당연한 일이었다.

양량이 묵직한 어조로 말했다.

"천망의 극에 이르러 십존을 제압하고 고금제일을 공인받으셨음에도 무의 신기원을 이룩하고자 용맹 정진하시는 천존께 한 명의 강호인으로서 깊은 존경을 표할 수밖에 없구려."

사마작이 양량의 말을 받았다.

"천존께선 그야말로 전에도 없고 후에도 없을 위대한 무인이시다."

공손자렴이 입을 열었다.

"스승님의 대계는 이러하다. 천존께서 승천지경에 이르러 우화등선하기 전 후계를 세워 다시금 태평천하를 이어가는 복안이다."

"으음."

신룡팔준 사형제 모두 맡을 수 있었다.

공손자렴의 말에서 나는 진득한 피 냄새를 말이다.

고금제일인인 묵시천존의 후계로서 맹주 위를 이어받는 것.

이 엄청난 일이 어찌 순탄히 흘러갈 수 있을까.

피가 내를 이뤄 강이 돼도 모자랄 일이다.

제갈노아가 미간을 찌푸리며 말했다.

"쉬운 일이 아닙니다. 당장 삼십 년 지약까지 고작 3년에 불과합니다."

묵시천존은 태산쟁위에서 천간십존을 제압했다.

허나 일말의 여지를 남겼으니.

천간십존의 반발을 잠재우기 위해 묵시천존은 삼십 년 후 다시 한번 생사결을 약조했다.

"제2차 태산쟁위가 얼마 남지 않았습니다. 이에 발맞춰 천하는 점점 더 혼란의 도가니에 빠져들 겁니다."

바로 그때였다.

을지효가 입을 열었다.

"천하대란이 목전에 다가왔으니 우리 사형제 역시 책사로서 주군을 선택해야 할 순간을 맞이했는지도 모르겠군요."

연회장에 기이한 분위기가 감돌았다.

애써 언급하지 않던 말.

이들 사형제는 신장룡 맹하후의 제자라는 점을 제외하면 살아온 환경은 물론이고 속한 가문과 세력까지 모든 게 달랐다.

동복형제인 제갈 쌍둥이조차 성향이 천차만별.

그래서 더욱 조심스럽다.

헌데 을지효가 그간 사형제들이 애써 외면해 온 금기를 정면으로 범해 버린 것이다.

잠시 침묵이 흐르고.

-짝짝짝!

불현듯 박수 소리가 장내에 울려 퍼졌다.

사형제들의 시선이 그쪽으로 향했다.

자줏빛 금의를 걸친 제갈모세였다.

그가 사이하게 웃으며 박수쳤다.

"하하하핫! 하오(好)! 하오(好)! 막내 사제는 여전히 직설적이군. 내가 그래서 막내 사제를 아끼지. 마침 잘됐어. 좋은 기회니 이 자리를 빌어 주군을 선점해야겠군."

그는 좌중을 쓰윽 훑어보며 말했다.

"저는 마군자를 선택했습니다."

제갈모세의 말에 신룡팔준 사형제의 표정이 묘하게 변했다.

십전홍예 율약벽이 속한 비천십이룡의 일인.

마군자(魔君子) 담천악.

당대 천마 담군명의 장자로 마천루를 이루는 마도십문의 수장 천마신교의 소교주다.

천년마도의 적통임에도 정도 측 후기지수들과 두터운 교분을 쌓는 등 세간에 높은 평가를 받는 인물이다.

무공 수위는 비천십이룡 최강으로 알려진 율약벽과 거의 대등.

그야말로 다음 세대 무림을 이끌어갈 예비 마도지존이었다.

마군자 담천악이라면 과연 신룡팔준의 일인이 주군으로

삼을 법했다.

문제는 다른 데 있었다.

사마작이 눈살을 찌푸렸다.

"제갈 사제. 자네는 팔세영웅련의 주축인 제갈세가 직계면서 어찌 천마신교 소교주 휘하로 투신하겠다 태연히 말하는가."

팔세영웅련의 일원인 사마세가 소속 사마작으로서는 당연한 물음이다.

제갈모세가 어깨를 으쓱이며 말했다.

"사마 사형. 마천루 역시 제천의 하늘 아래 있거늘 어찌 선을 그어 구분 짓는단 말씀이십니다. 소인은 같은 사상을 공유한 마군자 담천악이야말로 천존의 후계로 어울린다 생각합니다."

그는 주먹을 꽉 쥐며 외쳤다.

"강자존이야말로 무림이 추구해야 할 이상! 마군자 담천악은 무림 본연의 모습을 되찾을 거라 약속했습니다. 소인은 그런 마군자에게 걸어보겠습니다."

"하. 여전히 무지하기 싹이 없는 자로군."

"……뭣이?"

자신을 싸늘히 응시하는 제갈모세를 보며 제갈노아가 코웃음 쳤다.

그는 제갈모세를 마주 쏘아보며 특유의 고결한 기세를

뿌리며 말했다.

"강호에 진정 필요한 것은 바로 질서. 하루가 멀다 하고 천하에 펼쳐지는 세력전을 보라. 최근 불산에서 벌어진 광동계투가 대표적이라 할 수 있겠지. 네놈이 그토록 좋아하는 강자존의 무림은 강호동도가 이미 마주한 현실이다. 이 이상 강호를 혼란스럽게 하는 건 옳지 않다. 오히려 당금 강호는 더욱 강한 힘에 의한 통제가 절실하다. 그런 의미에서 같은 비천십이룡의 일원인 무당비상검(武當飛上劍) 운한 도장이야말로 천존의 후계로 적합하겠지."

"……."

제갈노아, 제갈모세 형제는 서로를 노려봤다.

혼돈과 질서.

극과 극을 추구하는 쌍둥이 형제의 관계는 남만 못했다.

아니, 오히려 원수에 가깝다고 보면 되겠지.

태어나서 지금까지 살가운 정 따위 느껴본 적 없고 오직 서로에 대한 적대감만 키워온 혈육이다.

거울 속 자신과 꼭 닮은 얼굴이 증오를 부추겼다.

나와 같은 얼굴로 저 따위 말을 지껄이다니.

역겹기 그지없다.

십여 년의 세월 동안 키워온 소름 끼치는 악의가 송곳과도 같은 언어로 서로의 폐부를 노린다.

살의를 품은 채 서로를 죽일 듯 노려보는 제갈 형제 사이로 공손자렴이 끼어들어 중재에 나섰다.

"그만들 하게. 모처럼의 회동이지 않나."

"……."

결국 제갈 쌍둥이는 서로를 외면했다.

쌍둥이 형제의 대립을 지켜보던 다른 신룡팔준 사형제는 조용히 눈을 빛냈다.

굳이 입 밖으로 내뱉지 않았지만 마음속으로 천하대란이라는 거대한 대국을 주도하는 한 명의 기사(棋士)로서 천년 무림사에 이름을 남기고 싶은 마음이 간절했다.

그것이 책사라는 족속이었으니까.

욕망이 시뻘겋게 들끓는다.

제갈모세가 짜증 가득한 얼굴로 자리에서 일어났다.

"저 반푼이와 한시도 같이 있고 싶지 않군요. 이만 일어나겠습니다. 천하대란 속에서 사형제들과 만들어갈 기보가 얼마나 아름다울지 기대되는군요."

누각을 내려가던 제갈모세가 뭔가 생각난 듯 고개를 돌려 사형제들에게 말했다.

"아, 이 말을 잊을 뻔했군요. 스승님께서 강제하신 맹약. 동문 사형제의 목숨을 노리지 말라는 맹세만큼은 철저히 지키도록 하죠. 직접적으로 여러 사형과 사제의 목을 노릴 일은 없을 테니 안심하시기 바랍니다. 물론……."

그는 특유의 사이한 웃음을 지었다.

"간접적으로 노리지 말란 법은 없지만 말이죠. 하하핫!"

제갈모세가 누각을 떠나자 그의 뒷모습을 지켜보던 제갈노아가 이를 갈았다.

"원수도 이리 증오스럽지 않거늘. 없느니만 못한 동생 때문에 사형들과 막내 사제 앞에서 얼굴을 들지 못하겠군요. 소인 역시 이만 물러나겠습니다."

그 역시 조용히 누각을 떠났다.

회동 장소를 제공한 제갈 형제가 자리를 뜨자 연회 분위기가 급격히 가라앉으며 다른 사형제들 역시 한 명 두 명 누각을 떠났다.

이윽고 을지효와 공손자렴만 남게 되었다.

공손자렴이 고개를 절레절레 저었다.

"막내 사제가 던진 불씨가 산불이 되어 사형제들을 집어 삼켰군."

을지효는 태연한 어조로 말했다.

"어차피 벌어질 일. 사형들께서 한시라도 빨리 움직이는 게 조금이라도 희생을 줄이는 길입니다."

"동의하네."

을지효가 자리에서 일어나자 공손자렴이 황급히 입을 열었다.

"막내 사제. 혹시 갈 곳은 있는가? 없다면 제천내각에 자리를 마련해 주지. 제천내각이 마음에 들지 않으면 제천사는 어떤가?"

을지효는 고개를 저었다.

"대사형께 죄송한 말씀이지만 모실 주군은 제가 직접 찾고 싶습니다."

공손자렴은 아쉬운 기색을 감추지 못했다.

"……알겠네. 그러고 보니 스승님께서 내게 조용히 말씀하신 적이 있지. 자신이 여덟 제자를 두었으나 그중 으뜸은 바로 막내 사제라고. 그래서 중금오라는 별명을 지어줬다고 말이야. 이 우형은 막내 사제가 어떤 선택을 하든 존중할 생각이네. 허나 그 선택이 부디 천하를 안녕케 할 선택이었으면 좋겠군."

그 말을 끝으로 공손자렴 역시 누각을 나섰다.

홀로 남은 을지효는 저 멀리 떠오르는 태양을 보며 잔에 담긴 술을 들이켜고 자리를 떠났다.

신비로운 소호의 작은 섬은 아무 일도 없었다는 듯 여전히 아름답기만 하다.

신룡팔준이 회동을 끝마친 바로 그 시각.

소호의 물살을 따라 반짝이는 햇살이 내려앉았다.

그런 소호의 물살을 가르는 한 척의 복선(福船)이 있었다.

선실 문을 열고 누군가 모습을 드러냈다.

까마귀 날개를 연상시키는 기이한 전포를 두른 소년.

환신이다.

비틀거리며 갑판 위로 올라와 풀썩 한쪽 무릎을 꿇고 몸을 덜덜 떨었다.

-휘리릭!

흑익신화포가 살아 있는 생물마냥 제멋대로 움직이더니 깃털 사이사이 붙은 얼음조각을 빠르게 털어냈다.

영성을 지닌 신병이기다웠다.

환신은 갑판에 누워 아침 햇살을 온몸으로 받으며 고통을 달랬다.

"……시발. 지긋지긋한 태음칠절맥."

세, 네 시간마다 찾아오는 지옥 같은 고통.

오늘 새벽에도 어김없이 자신을 괴롭혔다.

절정의 경지를 돌파한 후 선천지기를 얻기 위해 운기조식하는 과정에서 생기는 고통이 일류고수일 때보다 체감상 몇 배로 커졌다.

공력이 고강해진 만큼 태음지기와 융합된 한기 역시 지독해진 것이다.

일주천하고 나면 온몸이 얼음덩어리가 될 지경이다.

흑익신화포의 한서불침 공능이 아니었으면 아직도 몸을 벌벌 떨고 있었겠지.

지금도 몸을 따뜻하게 감싸주고 있지 않은가.

"아이고, 예쁜 것."

손으로 쓱쓱 쓰다듬자 흑익신화포가 기분 좋은 듯 '삐이-' 소리를 내며 파르르 떤다.

"……이제 망토지 반려동물인지 헷갈릴 지경이네."

아무렴 어때.

좋은 게 좋은 거지.

고통이 완전히 사라지자 자리에서 일어나 갑판에 앉았다.

저 멀리 합비 부두가 보인다.

수많은 사건이 벌어질 도시, 합비.

희미한 전율이 등골을 스쳤다.

낭인 환신이 아닌 '제천'의 열렬한 팬으로서 앞으로 벌어질 일들과 최애 캐릭터들을 실제로 만날 수 있다는 기대감에 가슴이 두근거렸다.

합비는 무림일통을 향한 기나긴 여정의 시작점이 될 것이다.

그때였다.

"어?"

소호의 운무 사이로 무언가 보인다.

작은 나룻배였다.

그 위에 죽립을 쓴 자가 노를 젓고 있었다.

문득 환신은 스치듯 죽립인과 눈이 마주쳤음을 깨달았다.

나룻배는 환신이 탄 복선의 반대 방향으로 조용히 나아갔다.

"……거참, 눈빛 보소."

4장

낭인투

"주군! 합비가 확실히 광주와는 뭐가 달라도 다릅니다! 이렇게 큰 부두라니!"

"둘째 형! 소제도 동의하오! 근데 합비 도박장은 규모가 어느 정도나 될까요?"

"막내야, 너는 어찌 합비에 와서 도박장부터 찾느냐."

"그러는 둘째 형이야말로 합비 특산 술부터 찾을 생각 아닙니까?"

"크흠. 넌 어찌 이 형님에 대해 그리 잘 아느냐."

"……이것들아! 촌티 좀 그만 내!"

추룡의 외침에 추호와 추서가 고개를 푹 숙이며 우렁차게 외쳤다.

"송구합니다, 큰형님!"

환신이 추룡을 보며 말했다.

"동생들 챙기느라 고생이 많아."

"……주군을 뵐 면목이 없습니다."

합비 부두는 추호, 추서 형제가 호들갑을 떨어댈 만큼 대단한 규모를 자랑했다.

북으로 회하가 흐르고 소호 남쪽으론 장강이 흐르는, 강남과 강북을 연결하는 천혜의 요지.

그게 남궁세가의 본산 합비였다.

합비 부두를 떠나 곧장 남궁세가 장원으로 향했다.

남궁세가 장원은 합비에서 약간 떨어진 경천일주(擎天一柱) 천주산(天柱山) 자락 첨현 일대에 위치해 있다.

관도를 따라 당연하다는 듯 덤벼드는 마적 떼를 처리해 가며 남궁세가 장원에 도착한 환신과 광동삼살은 깜짝 놀랐다.

"……규모가 어마어마하군요."

"그러게."

남궁세가 장원은 성벽으로 둘러싸여 거대한 도시를 방불케 했다.

합비나 광주 같은 대도시까진 아니어도 어지간한 현 이상이었다.

'화면으로 수도 없이 본 거랑 전혀 다른데?'

좀 더 웅장하고, 좀 더 생활감 있는 그런 느낌?

추서가 혀를 내둘렀다.

"이 정도면 왕부를 능가하겠군요."

"안휘성에서는 남궁세가 가주의 위상이 어지간한 왕을 능가하고 남음이 있지."

추룡의 말에 모두 고개를 끄덕이며 동의했다.

저 멀리 보이는 남궁세가 외원 쪽으로 대로를 따라 걸어 접객당에 도착했다.

수많은 자들이 조문을 위해 바글바글 모여 있었다.

한참을 기다려 순번이 되자 학사 차림을 한 접객당 문사에게 다가갔다.

염소수염을 기른 문사는 남궁세가의 일원답게 꼿꼿한 모습이다.

워낙 많은 조문객을 접대하다 보니 제법 지쳐 보였다.

"조문을 와주셨으니 가주를 대신에 감사의 뜻을 전하오. 접객 명부에 이름을 써주시오."

추룡이 접객 명부에 이름을 적었다.

"허허, 낭인이라. 신분패를 줘보시구려."

모두 낭인패를 꺼냈다.

광동삼살은 은으로 된 일급 낭인패, 환신은 금박을 입힌 특급 낭인패를 제시했다.

노대부인의 부고를 기다리며 광동삼살의 무공을 봐주었는데 그사이 짬을 내 광주 낭시에 흑오단을 등록하고 절정 고수임을 인정받았다.

문사는 특급 낭인패를 보며 고개를 끄덕였다.

"특급 낭인이라. 이 정도면 객방을 내줘도 괜찮겠구먼."

붓으로 명부 밑에 쓰윽쓰윽 뭐라고 쓰더니 무언가를 건네주었다.

앞에는 '황(黃)', 뒤에 '팔십삼(八十三)'이 새겨진 옥패였다.

"본 세가의 외원은 총 네 개의 구역으로 나뉘는데 그중 황원의 83번 객방에 머물면 될 것이오. 조문은 사흘 후로 잡아두겠소."

추호가 황당한 표정으로 말했다.

"아니, 무슨 조문에 사흘이나 걸린단 말이오."

그러자 문사가 어이없다는 듯 되받아쳤다.

"이보시오. 천하 각지에서 본 세가의 노대부인을 추모하기 위해 구름처럼 몰려드는 인파가 보이지 않소? 사흘 정도 기다림은 오히려 짧은 축에 속하오."

"……크흠. 그건 그렇군."

실제로 접객당을 꽉 채운 인파와 드잡이질을 했던 추호는 겸연쩍은 얼굴로 뒤통수를 긁적였다.

문사가 한마디 덧붙였다.

"아, 모레는 일반 조문객의 조문 자체를 받지 않으니 유념하시구려."

"그건 또 무슨 소리요?"

문사는 가슴을 쭉 펴고 말했다.

"이틀 후. 제천대승상께서 본 세가를 방문하실 것이오."

"……뭐라고!"

"신장룡이 남궁세가에?!"

제천대승상 신장룡 맹하후.

묵시천존을 설득해 제천맹 천하를 건설한 당금 강호 최고 거물이 남궁세가에 온다고?

문사는 자랑스러운 듯 입꼬리를 씰룩이며 말을 이어나갔다.

"제천대승상께선 노대부인의 오랜 죽마고우로 조문을 위해 30여년 만에 천진의 반산 제천맹 총단을 나서셨다고 하오."

환신이 그런 문사를 보고 슬쩍 한마디 덧붙였다.

"신장룡께서 직접 걸음 하시다니. 남궁세가의 위상이 참으로 드높기 그지없군요."

그 말에 문사가 기분 좋은 웃음을 터뜨렸다.

"허허허. 소년 낭인께서 뭘 좀 아시는구먼."

기분 좋아진 문사는 접객당 뒤쪽을 어슬렁거리던 시종을 불렀다.

"진진아. 여기 이분들을 황원까지 모셔다드리거라."

그 모습을 보고 환신이 속으로 회심의 미소를 지었다.

'내가 말이야, 어! '제천' 하루 이틀 한 게 아니거든? 이 정도 립서비스로 상호작용 꿀 빠는 건 기본이거든?!'

썩은물답게 알차게 이득 챙기는 환신이었다.
“화, 황원에요? 꼭 가야 하나요?”
“그래! 어서 안 가고 뭐 해!”
“아, 알겠다고요! 따라오십쇼.”
시종의 안내를 받아 황원으로 향하는 환신과 광동삼살.
황원에 진입하자 한 가지 사실을 깨달았다.
이곳에 있는 자들 대부분 광동삼살과 뭔가 닮은, 우락부락하고 꼬질꼬질한 자들투성이였다.
대충 어떻게 된 일인지 눈치챈 추룡이 싸늘한 어조로 말했다.
“이보게. 여긴 주로 어떤 자들이 머무는가.”
얼굴에 칼자국이 시원하게 나 있는 상남자 추룡의 질문에 시종이 땀을 삐질 흘리며 답했다.
“화, 황원은 주로 낭인이나 강호의 뜨내기들이 머무는 곳입니다.”
“……뭐라고?”
분위기가 심상치 않자 서둘러 변명했다.
“벼, 별수 없지 않습니까! 천원은 제천내각과 제천팔패의 귀빈들을 모시고 지원은 귀빈을 따라온 수행원, 현원은 군소방파 인원이 머문단 말입니다!”
“……쩝.”
광동삼살 삼형제는 이런 대우가 한두 번이 아닌 듯 씁쓸한 얼굴로 입맛을 다셨다.

반면에 아직 이런 대우가 익숙지 않은 환신으로서는 살짝 현타가 올 수밖에 없었다.

'제길! 이래서 낭인이 쓰레기라니까!'

어딜 가든 최하급 대우는 기본.

제천사는 말할 것도 없고 청류무사 역시 표면적으로 일인전승 문파의 계승자인 경우가 대부분인지라 딱히 사회적 대우가 나쁘지 않다.

유독만 낭인만 박하기 짝이 없으니 원.

게임상에서도 낭인으로 플레이하다 보면 기분이 별론데 실제로 이런 대우를 받으니 열이 머리끝까지 치솟았다.

'지살칠십이숙 중에 분명 낭인도 있는데 도대체 낭인은 왜 항상 이 모양 이 꼴이지?'

초절정의 경지를 돌파한 무인이 존재함에도 강호의 쓰레기쯤으로 취급받는 게 낭인이었다.

업적 달성에 세 가지 무림출도 중 어떤 루트를 신택하든 별 지장 없으니 굳이 스트레스받아 가며 낭인으로 플레이할 이유가 없는 것이다.

'낭인 플레이어들…… 도대체 어떤 플레이를 해오신 겁니까.'

가슴 깊은 곳에서 치솟는 존경과 동정심에 눈물이 앞을 가렸다.

씁쓸한 표정으로 황원 83번 객방에 도착한 환신과 광동삼살.

"그럼 저는 이만."

한시도 황원에 있기 싫다는 듯 대놓고 도망치는 시종을 뒤로하고 방문을 여는데 마침 옆방인 84번 객방 문이 열렸다.

"응?"

"어?"

방에서 나온 자와 눈이 딱 마주쳤다.

그 자는 광동삼살 삼형제와 안면이 있는 듯 크게 웃음을 터뜨렸다.

"푸하하핫! 이게 누구야! 추씨 형제 아닌가! 이곳에서 만나다니! 반갑네, 반가워!"

환하게 웃으며 다가오는 남자를 보고 광동삼살 모두 인상을 팍 찌푸렸다.

그러거나 말거나 톱날 형태의 거치도를 등에 맨 구릿빛 피부의 남자는 반가움을 표시하기 위해선지 추룡과 어깨동무했다.

환신이 고개를 갸웃거리는데 추호의 전음이 고막을 울렸다.

「주군. 저자는 귀호도(鬼虎刀) 두파라는 자인데 남직례를 중심으로 활동하는 귀호단의 단주로 강좌 낭인계에서 대단한 명성을 자랑하고 있습니다.」

환신은 두파에 대해 떠올리며 고개를 끄덕였다.

'제천'상에서 귀호도 두파는 항상 광동삼살과 함께 등장하는 낭인 캐릭터다.

상당한 실력의 소유자로 적으로 등장하면 제법 까다로웠다.

광동삼살과 다른 점이라면 의뢰비만 많이 주면 자신은 물론이고 귀호단까지 휘하로 들일 수 있었다.

의뢰비만 밀리지 않으면 낭인의 율법대로 배신도 하지 않아 제법 쏠쏠하게 써먹었지.

물론 의뢰비 밀리면 가차 없다.

바로 적에게 붙어 뒤통수를 후려치는 경우가 허다하니 역시 낭인답다고 해야 하나?

환신이 이런저런 생각을 하는 동안 두파가 추룡에게 물었다.

"이보게, 추 형제. 자네도 노대부인 조문을 위해 남궁세가에 온 것인가?"

"그렇소."

"그럼 여기서 이러지 말고 외원 밖 대로변에 객잔이 하나 있으니 그곳에 가세. 거기 좋은 술이 아주 많아."

그는 씨익 웃으며 말을 이었다.

"저번에 말했다시피 남경 낭시 일 상당수가 여기 남궁세가와 엮인 상행 호위 의뢰지. 덕분에 중요한 고용주인 남궁세가 경조사는 대부분 챙기는데 그중 노대부인 조문은 특급 사안이라 내가 직접 왔다네."

두파는 인상을 찌푸리며 투덜거렸다.

"헌데 신장룡 왕림이 확정되는 바람에 사흘 뒤로 조문 순번이 쭉 밀렸어. 그래서 여기 황원 객방에 뒹굴거리고 있었는데 마침 추 형제 자네를 만나게 되었으니. 역시 우린 운명이야."

그는 가슴을 두드리며 호쾌하게 웃었다.

"하하핫! 남궁세가에서 노대부인 장례식을 위해 은과 재물을 아낌없이 풀어 이곳 첨현은 물론이고 합비 전체가 아주 축제 분위기일세. 내 듣기로 노대부인께서 성정이 호탕하기 그지없어 생전에 흥겨운 분위기를 아주 좋아하셨다는군. 덕분에 남궁세가에서도 딱히 막지 않고 내버려 둔다네."

두파는 어깨동무한 손에 힘을 꽉 주며 추룡의 귀에 소곤거렸다.

"그런 의미에서 함께 술잔을 기울이며 귀호단 입단 건에 대해 다시 한번 진지하게 상의하는 게 어떻겠나?"

이번엔 추서의 전음이 귓가에 꽂혔다.

「주군! 우리 형제를 영입하려는 자들이 제법 있었는데 그중 가장 집요하고 끈질긴 게 바로 두파 저 인간입니다. 주군 휘하로 들어가지 않았다면 저 인간 밑에 들어갔을지도 모릅니다.」

추서의 예상대로다.

광동삼살은 최초 등장했을 때 언제나 귀호단 소속이었으니까.

덕분에 두파를 휘하로 들이면 광동삼살은 언제나 귀호단을 탈퇴해 버렸다.

두파 본인보다 더 가치가 큰 게 광동삼살인데.

그때마다 어찌나 허탈했던지.

'……그래도 지금은 시작부터 내 밑에 있으니까.'

환신은 광동삼살의 얼굴을 보았다.

아주 든든했다.

두파의 제안에 추룡이 단호하게 선을 그었다.

"두 단주. 우리 형제는 두 단주 밑에 들어갈 생각이 없소."

"어허! 이거 왜 이래! 다 생각이 있어서 하는 말이야! 그간 내 무공 수위가 급격히 올랐어! 이젠 자네들이 내건 시험을 통과할 자신이 있다니까?"

"이제 더 이상 시험은 하지 않소."

"그건 또 무슨 소린가?"

두파의 물음에 우물쭈물하는 추룡.

그러자 두파가 불같이 화를 냈다.

"이보게, 추 형제! 나 두파야! 남경 낭시를 주름잡는 귀호도 두파! 그런 내가 자네 형제를 최대한 존중해 줬어! 헌데 나를 어찌 이리 능멸한단 말인가!"

두파의 말에 추룡은 입을 꾹 다물었다.

"어서 대답해!"

그때.

환신이 앞으로 나섰다.

"광동삼살이 귀호단에 들어가는 일 따위 없을 겁니다."

처음 보는 소년의 말에 두파가 눈을 부라렸다.

"이 애송이가 지금 어른들 이야기 하시는데 어딜 끼어들어!?"

환신은 속으로 '꼰…….'이라고 중얼거리고 빈정거리듯 답했다.

"뭐긴 뭡니까. 광동삼살은 이미 내 흑오단에 입단했으니 쓸데없이 힘 빼지 말란 소립니다."

두파의 얼굴이 서리라도 내린 듯 싸늘하게 굳어졌다.

그는 추룡 쪽으로 고개를 돌렸다.

"추 형제. 저 애송이 말이 사실인가?"

"……사실이오."

-쿠콰캉!

두파의 단전을 중심으로 붉은 기류가 뿜어지더니 발끝을 타고 회오리쳤다.

평범한 공력 방출만으로 두꺼운 청석 바닥을 산산조각 내고 움푹 구덩이를 파냈다.

진각조차 밟지 않고 오로지 진기 방출의 여파로 만들어

낸 엄청난 광경.

과연 자신의 낭인단을 보유한 특급 낭인다운 신위였다.

두파가 광동삼살을 보며 말했다.

"이보게, 추씨 형제. 고작 얼굴 반반한 애송이 밑에 들어가려고 나 두파의 제안을 거절했단 말인가? 이 귀호도 두파의 제안을? 이러면 내 체면이 도대체 뭐가 되는가!"

무인은 체면에 죽고 체면에 산다.

체면을 잃고 어찌 고개를 들고 살 수 있을까.

주변은 물론이고 다른 특급 낭인들에게도 반드시 광동삼살을 영입할 생각이니 끼어들지 말라 호언장담한 두파다.

그렇게 공들인 광동삼살이 듣도 보도 못한 애송이 밑에 들어갔으니 두파로선 체면이 말이 아닐 수밖에 없었다.

아니, 그 정도가 아니었다.

심한 모욕감에 격렬히 분노하고 있었다.

당연히 상황은 점점 심각해졌다.

"보아하니 제대로 된 낭인은 아닌 거 같고. 어디 돈 많은 가문 도련님의 유희인가 본데. 낭인 놀이를 위해 추씨 형제를 은으로 산 모양이군. 도도하기 짝이 없는 추씨 형제가 도대체 얼마를 받고 자신을 팔았나? 은원보 천 개? 아니면 2천 개?"

광동삼살 삼형제의 기세가 살벌하게 변했다.

추룡이 박도에 손을 얹자 추호와 추서 역시 각자의 병기를 쥐고 앞으로 나서려는 찰나.

환신이 조용히 손을 들었다.

두말없이 뒤로 물러나는 광동삼살.

두파는 그 모습을 보고 의아한 얼굴이 되었다.

도발을 위해 빈정거리긴 했지만 그는 광동삼살에 대해 제법 잘 알고 있었다.

자신이 아는 한 저들은 그야말로 진짜 사나이, 진짜 낭인이다.

헌데 애송이 손짓 한 번에 이리 쉽게 물러난다고?

그 성질머리에?

환신이 한 발짝 앞으로 발을 내디뎠다.

"귀호도 두파라고 했죠? 증명해 보시죠. 내가 저들을 휘하로 두는 데 부족한지 아닌지."

순간.

수천 개의 바늘이 일제히 쏘아지는 듯한, 소름 끼치도록 강렬한 기파가 두파의 전신을 찔러댔다.

유형화된 살기였다.

화들짝 놀라 한 걸음 뒤로 물러난 두파.

큰 충격을 받은 듯 자기도 모르게 중얼거렸다.

"……절정고수라고? 그 나이에?"

두파는 입술을 꽉 깨물고 환신을 노려봤다.

환신 역시 피하지 않았다.

한참 동안 서로를 노려보는 환신과 두파.

두파가 천천히 입을 열었다.

"낭인이라고?"

"예."

"내가 제법 발이 넓어 강남 강북을 가리지 않고 낭인단을 소유한 특급 낭인 대부분과 친분을 유지 중인데 자네 같은 소년 낭인은 처음이구만."

"그렇겠죠. 낭인단을 만든 지 이제 겨우 두 달. 특급 낭인 승급도 그즈음이니까요."

"이제 보니 신참자였군."

두파는 더더욱 이해가 가지 않는 표정이다.

하지만 곧 얼굴을 굳혔다.

"그래도 겨우 이걸로 납득할 수 없지. 내가 추씨 형제를 귀호단에 들이려고 공을 들인 게 벌써 3년이야."

그는 광동삼살 쪽으로 시선을 던졌다.

"저기 추씨 형제는 내가 아는 한 무공이면 무공, 낭인에게 필수불가결인 생존력, 거기에 더해 낭인에 대한 자부심까지 모든 면에서 최고 중에 최고일세. 그래서 공을 들인 거고. 헌데 이제 와서 포기하라고?"

두파는 고개를 저었다.

"그럴 수 없지."

그리고 살벌한 눈빛으로 환신을 쏘아봤다.

"애송이 네놈을 짓밟으면 광동삼살은 자유의 몸이 되겠지. 그러니 낭인답게 폭력으로 해결하는 수밖에. 이 자리에서 네놈에게 낭인투(狼人鬪)를 요구한다!"

환신은 인상을 팍 찌푸렸다.

낭인투란 낭인들의 분쟁 해결 수단으로 한쪽이 패배 선언을 할 때까지 진행되는 일종의 비무다.

생존을 최우선시하는 낭인답게 서로의 목숨까지 빼앗지 않는 게 낭인투의 율법이다.

하지만 패자는 승자의 요구를 군소리 없이 들어줘야 했다.

허나 환신은 이를 전혀 다르게 받아들였다.

'뭐야. 서브 퀘스트야? 젠장. 이놈의 서브 퀘스트는 항상 갑자기 튀어나온다니까. 그나저나 이거 해, 말아?'

고민은 그리 길지 않았다.

'모처럼 절정고수를 상대할 기회잖아? 포기할 수 없지.'

절정의 경지를 돌파하고 그간 일류고수만 상대해 왔다.

절정고수와의 대전 경험이라.

놓칠 수 없는 기회였다.

'어디 얼마나 찰진지 손맛 한번 보자고.'

환신은 고개를 끄덕였다.

"받아들이겠습니다."

그렇게 환신과 두파의 낭인투가 성사되었다.

-웅성웅성.

황원 구석에 위치한 연무장에 인파가 몰려들었다.

세상 모든 구경 중 불구경과 싸움 구경이 제일 흥미진진한 법.

특히 무림인들은 싸움 구경에 환장한다.

귀호도 두파 하면 남경 낭시를 근거지로 활동하는 특급 낭인으로 상당한 유명세를 자랑했다.

그런 두파가 낭인투를 한다는 소식에 황원 전체가 들썩였다.

순식간에 수백 명이 연무장에 모였다.

"……일이 커진 느낌인데."

"주군. 무림에서 흔히 벌어지는 일입니다. 무인이란 하나같이 싸움에 목마른 자들이니 말입니다."

환신은 고개를 끄덕였다.

이 세계에 대해 누구보다 많은 걸 알지만 공교롭게도 낭인계는 아니었다.

추룡은 좋은 조언자였다.

두꺼운 청석을 깔아놓은 단 위로 올라가자 자신을 노려보는 두파를 볼 수 있었다.

"흥! 애송이 주제에 용기가 가상하구나."

"그러는 두 단주야말로 슬슬 무릎 시큰할 나이 아닙니까?"

"뭐? 이 애송이가! 어디 한 군데 잘려 나가야 정신을 차릴 놈이로구나! 낭인투에선 팔다리 잘리는 일이 아주 비일비재하다!"

"오, 그래요? 근데 전 두 단주 팔다리 안 날리렵니다. 그거 잘라봐야 쓸모도 없고 어따 씁니까. 대충 아프고 말 겁니다. 아주 약·간 말이죠."

"……그놈 참 입담 하나는 낭인답구만. 그 대단한 입담만큼 실력이 따라줄지 어디 한번 보자꾸나!"

말이 채 끝나기 무섭게 번개처럼 달려들었다.

일반적인 무인의 비무와 낭인투는 결이 달랐다.

기수식을 취하는 등 상대에 대한 예를 표하고 시작되는 일반적인 비무와 달리 낭인투는 좀 더 단도직입적이다.

흑도의 내가기공인 쌍마기(雙魔氣) 특유의 붉은 기류가 휘몰아치며 두파가 전면으로 쇄도했다.

투박하게 빼 든 거치도(鋸齒刀)의 위용이 살벌하기 짝이 없었다.

거치도를 따라 붉은 물결이 솟구친다.

붉은 물결이 도신을 타고 올라오다 급격히 압축되더니 뾰족한 톱날 하나하나마다 유형화된 칼날이 쑥 튀어나왔다.

"검기!"

"오! 역시 귀호도!"

연무장을 메운 낭인들이 두파의 신위에 감탄사를 터뜨렸다.

허나 놀라긴 일렀다.

팔짱을 낀 환신의 양발 옆에 불꽃의 수레바퀴가 모습을 드러냈다.

-콰르르르릉!

"뭐, 뭐야?!"

"말도 안 돼!"

좌중이 놀라거나 말거나 일륜이 엄청난 속도로 회전하더니 쏜살같이 우측으로 이동했다.

환신의 신형을 따라 청석 바닥에 시커멓게 탄 자국이 쭈욱 그어졌다.

"이놈이!"

두파 역시 공력을 돋워 환신을 바짝 추격했다.

허나 모래알처럼 많고 많은 보신경 중에서도 최상의 속도를 자랑하는 태양속이다.

따라잡힐 리 없었다.

"젠장! 받아라!"

두파는 성명절기인 겁라도빕 투로에 따라 날렵하게 거치도를 휘둘렀다.

-쿠콰카카캉!

호랑이 이빨을 연상시키는 톱니 모양의 거치도 날을 따

라 붉은 검기가 휘몰아치며 청석 바닥을 뒤집었다.

포악한 검기의 폭풍이 입체적인 선을 그리며 환신을 향해 휘몰아쳤다.

순간.

환신의 눈동자에 기이한 빛이 감돌았다.

기린안 발동!

고금에 다시없을 천재의 눈이 두파의 무공을 바닥부터 낱낱이 파헤쳤다.

여전히 팔짱을 낀 채 코끝을 스치는 검기를 슬쩍 피하고 체내에 침투하는 경력을 광자대력기로 상쇄시키며 생각했다.

'상당한 위력이네. 일정 공간을 초토화시키는 걸 보니 전장에서 범위 제압에 특화된 무공이야. 하지만 단순히 파괴력에 의지하는 무공은 또 아니지. 정교하게 함정을 파고 그곳에 먹이를 몰아넣는 움직임. 그리고…….'

왼손으로 흑익신화포를 잡고 그대로 휘둘렀다.

그 방향으로 시뻘건 열풍이 불었다.

그와 함께 귀신같이 파고들던 음경(陰勁)의 칼날이 산산이 부서졌다.

두파의 얼굴이 악귀처럼 일그러졌다.

'겉으로 보기엔 거칠지만 그 실체는 파괴적인 검기와 음경을 자유자재로 구사하는 치명적인 승부사. 정말 귀호도

라는 별호 그대로라니까.'

음경의 진정한 위력은 절정고수의 날카로운 기감으로도 감지하기 어려운 은밀함에 있다.

두파는 겁라도법의 파괴적인 검기에 음경을 곁들여 적을 능숙하게 요리했다.

흑도나 구사할 법한 비열한 행태지만 고기 방패로 내몰리는 낭인이 생존을 위해 무엇을 가릴까.

지닌바 무공만 봐도 그가 유능한 낭인임을 한눈에 알 수 있었다.

이후 30여 초에 걸쳐 공세를 펼치고 이를 회피하는 과정이 계속해서 이어졌다.

허나 두파는 환신의 털끝 하나 건드리지 못했다.

더 이상 참지 못하고 발작적으로 외쳤다.

"이익! 작작해라, 애송아! 제대로 싸워보자!"

그 말에 환신의 눈매가 가늘어졌다.

'볼 거 다 봤으니 원하는 대로 해주지 뭐.'

이미 두파에 대해 결론을 내렸다.

아름답기까지 했던 철심수사의 금접선법이 보여준 오묘함과 감히 비교조차 할 수 없는 수준.

초상승무공을 연마하기 시작한 광동삼살이 곧 두파를 뛰어넘겠지.

곧장 흑영낭에서 돌을 꺼내 들었다.

'화살촉을 던지면 죽을 수도 있으니까.'

앞으로 써먹을 데도 많은 인간인데.

동시에 즉발식이 발동되고.

태양을 직시하는 듯한 찬란한 빛이 연무장에 작렬했다.

개금비 제1초 직광 작렬이다.

-키이융!

각막을 찌르는 황금빛 광채와 지독한 열기는 그 자체로 무인의 감각을 현혹시킨다.

두파 역시 예외는 아니었다.

"이이익!"

본능적으로 몸을 틀었다.

섬뜩한 감각과 함께 시뻘건 화상이 길쭉하게 팔뚝을 가로질렀다.

일양지기가 기혈을 타고 두파의 몸속으로 파고든다.

"크헉!"

배 속이 타들어가는 듯한 고통!

이것이 양강 계열 무학의 무서움이다.

내버려 두면 치명적인 내상을 입을 테지만 다시 한번 연무장을 뒤덮는 황금빛 공포에 두파는 앞뒤 가리지 않고 전면으로 몸을 던졌다.

낭인의 으뜸패, 나려타곤이다.

직격은 피했지만 등판 쪽 의복이 타서 재가 되고 팔뚝과 마찬가지로 길게 수포로 뒤덮였다.

'무, 무슨 무공이기에 기척조차 없이 발출된단 말인가!'

-번쩍!

이번엔 피할 수 없다.

직격이다.

두파는 눈을 부릅떴다.

하지만.

광자검기가 두파를 꿰뚫기 전 공력을 회수했다.

약간의 경력을 머금은 돌이 두파의 어깨를 때렸다.

-퍼억!

"크으으윽!"

다시.

-퍼억!

엄청난 고통에 본능적으로 허벅지를 손으로 잡고 한쪽 무릎을 꿇었다.

이번엔 복부다.

"크악!"

이어서 가슴팍.

-피퍽!

"크흐으……."

울컥 피를 한 움큼 토해냈다.

강대한 일양지기에 온몸이 열로 펄펄 끓었다.

'이, 이럴 수가. 언제나 내가 사냥꾼이었는데…….'

귀신같이 먹잇감의 멱을 따는 포악한 호랑이.

그게 귀호도 두파라는 사내였다.

허나 고대의 절세무공 개금비의 위력에 감히 범접조차 못 했다.

-저벅저벅.

바닥에 무릎 꿇은 채 숨을 헐떡이는 두파의 앞에 누군가의 발이 보인다.

가까스로 고개를 들자 까마귀 날개를 형상화한 듯한 전포를 걸친 미소년, 환신이 오연한 얼굴로 그를 내려다보고 있었다.

그런 환신의 어깨 위로 날카로운 화살촉이 두둥실 떠오르더니 폭발적인 기파를 방출하며 한순간 주변이 황금빛으로 물들었다.

용암이라도 마주한 듯한 화끈한 열기가 피부를 찔렀다.

"어때요. 계속할까요? 이번엔 몸통에 구멍이 날 겁니다?"

인정할 수밖에 없었다.

눈앞의 소년은…… 광동삼살을 휘하에 둘 자격이 있었다.

두파는 고개를 떨궜다.

"……내가 졌다."

동시에 안도의 한숨을 내쉬었다.

만약 전장에서 저 소년 낭인과 적으로 마주했으면 어떻

게 됐을까?

'순식간에 사냥당했겠지.'

운이 좋았다.

정말로.

두파의 패배 선언에 환신이 그의 어깨에 손을 얹었다.

그러자 오장육부를 엉망진창으로 만들던 일양지기가 순식간에 빨려들어 갔다.

"며칠 운기요상하면 거뜬할 겁니다. 화상은 뭐, 어쩔 수 없고요."

"……고맙네."

낭인계에 이런 엄청난 고수가 등장하다니.

그것도 하늘에서 뚝 떨어진 듯 갑자기!

두파는 직감했다.

낭인계에 불어닥칠 지각변동을 말이다.

바로 그때.

-짝짝짝짝.

느닷없는 박수 소리에 장내의 시선이 그쪽을 향했다.

다들 눈을 크게 떴다.

5장
남궁소소

기이한 외양의 소녀였다.

송아지만 한 은빛 설랑(雪狼) 등에 탄 작은 체구의 어린 소녀다.

이것만으로도 충분히 신비로운데 거기서 끝이 아니었다.

양어깨에는 아름다운 빛깔의 구관조를, 정수리엔 왕관 앵무새가 날개를 퍼덕였다.

아직 어린 나이임에도 이목구비가 대단히 조화로운 게 훗날 대단한 미녀가 될 게 분명했다.

소녀의 옆엔 황룡을 수놓은 붉은 색 비단 무복을 입고 기이한 기운을 내뿜는 금검을 패용한, 날카로운 인상의 귀공자가 서 있었다.

그들 주위로 가슴에 '창궁'이란 글자가 새겨진 무복을 입은 무사 십여 명이 철통같이 경계를 섰다.

남궁세가의 핵심 무력 단체 창궁병단(蒼穹兵端) 소속 창궁 무사였다.

소녀는 주변 시비들의 만류에도 불구하고 설랑을 몰아 연무단 쪽으로 다가왔다.

주변인들이 당황하건 말건 해맑게 웃으며 말했다.

"와아! 예쁜 오라버니! 그런 무공은 처음이에요! 너무 신기한 거 있죠!"

예쁜 오라버니라니.

누가 봐도 자기 보고 하는 말이라 환신은 얼떨떨한 표정으로 답했다.

"그, 그래?"

"예! 빛이 번쩍하니까 픽 쓰러지는 거 보고 깜짝 놀랐다니까요? 얼굴도 너무 잘생기고. 멋져요! 히이!"

환하게 웃는 소녀를 보고 뒤통수를 긁적였다.

'뭐랄까. 남돌 보고 열광하는 여덕 같네.'

적색 무복을 입은 귀공자가 소녀 쪽으로 다가왔다.

"소소야. 그만 가자."

"아잉, 오라버니. 저렇게 예쁜 오라버니는 생전 처음이라고요. 좀 더 가까이서 얼굴 보고 싶고 이야기도 나누고 싶다고요."

"하아……."

살살 애교부리는 소녀의 모습에 귀공자는 머리를 절레

절레 젓더니 환신을 보고 살짝 미간을 찌푸리며 턱짓했다.

무슨 뜻이냐며 고개를 갸웃거리자 깊은 한숨을 내쉬는 귀공자.

그런 환신의 옆으로 바짝 다가온 이가 있었다.

온몸에 피 칠갑을 한 두파가 힘차게 포권하며 큰 소리로 외쳤다.

"실례했습니다! 저흰 이만 물러나겠습니다, 남궁 공자!"

귀공자는 귀찮다는 듯 손을 휘휘 저었다.

그러자 두파가 환신의 팔뚝을 잡더니 눈을 부라렸다.

어서 가자는 신호다.

얼떨떨한 표정을 지으며 끌려가는 환신.

그 뒤를 광동삼살이 뒤따랐다.

시작은 창대했으나 끝은 흐지부지한 낭인투의 허무한 결말이었다.

"예쁜 오라버니! 나중에 또 봐요! 꼭이요!"

해맑게 웃으며 손을 흔드는 소녀.

그렇게 멀어지는데 추룡이 두파에게 물었다.

"두 단주. 도대체 저자가 누구기에 이러는 거요."

"어허! 추 형제! 사람 참! 눈치가 이리 없어서야 어디 쓰겠나!"

그는 헛기침을 내뱉고 입을 열었다.

"금검을 찬 귀공자야말로 비천십이룡의 일원이자 남궁

세가의 소가주 일대검룡(一大劍龍) 남궁옥 공자일세."

"아!"

제천맹의 무력을 상징하는 초절정고수 집단 자운백팔대성.

그중 30대 이하 젊은 고수들로 이루어진 비천십이룡.

차세대 무림을 이끌 주역 중 한 명이 바로 일대검룡 남궁옥이었다.

광동삼살로서는 얼떨결에 현 무림을 진동시키는 기린아와 대면했으니 놀랄 수밖에.

환신 역시 익숙한 외모를 보고 대충 짐작하고 있었다.

특히나 전신 기혈을 타고 흐르는 초절정고수의 노도와도 같은 진기를 생각하면 더더욱.

'저번에 율약벽 봤을 땐 아무것도 못 느꼈는데 이번엔 다르네?'

무공 경지가 오르니 기린안 역시 등급이 올라간 모양이다.

추서가 황급히 물었다.

"그, 그럼 저 소녀는 누굽니까?"

아픈 몸을 매만지며 쩔뚝쩔뚝 걷던 두파가 입을 열었다.

개금비에 두들겨 맞고 아주 죽을 맛일 텐데.

어지간히 설명하길 좋아하는 성격인 모양이었다.

"검제의 늦둥이 막내딸이지. 남궁소소라고 하네. 올해 겨우 여덟 살이라 아직 별호도 없어. 합비는 물론이고 남직례까지 명성이 자자한 남궁세가 귀공녀야."

그는 입가에 미소를 머금고 말을 이었다.

"검제가 후계자인 일대검룡보다 더욱 사랑하는, 그야말로 남궁세가의 천금이지. 혹시 남궁 공녀를 다시 만나게 되면 절대 무례를 범하지 말게나. 검제의 제왕검형을 상대로 살아남을 자신이 있으면 굳이 말리지 않겠네만."

천령의 경지에 오른 검제가 펼치는 남궁세가 비전검공 제왕검형(帝王劍形)을 상대하라니.

농담조지만 섬뜩한 말이 아닐 수 없었다.

광동삼살 삼형제는 얼떨떨한 표정으로 고개를 끄덕였다.

그때 추룡이 뒤쪽을 자꾸 힐끔힐끔 쳐다보는 환신에게 물었다.

"주군. 뭘 그리 보십니까?"

"어. 별거 아니야."

그렇게 말하면서도 환신은 저 멀리 사라지는 남궁소소의 뒷모습에서 쉽사리 시선을 뗄 수 없었다.

아직 별호조차 없는 어린 소녀를 보는 환신의 눈에 담긴 감정은 '안타까움'이었다.

'……이틀 후. 남궁소소는 죽는다.'

빛 한 점 들어오지 않는 어두운 밀실.

촛불조차 켜지 않고 오로지 진기로 강화한 안력에 의지한 채 두 인영이 밀담을 나누고 있었다.

"……실행 준비를 모두 마쳤네. 35호, 자네 도움이 컸어."

"아닙니다. 14호."

35호라 불린 자는 조심스러운 어조로 말을 이었다.

"혹시 더 도울 일은 없겠습니까?"

"딱히 없네. 지금까지 해준 걸로 충분해."

14호의 말에 35호는 손을 꽉 쥐었다.

"조금이라도 '천(天)'에 도움이 되고 싶은데. 할 수 있는 게 고작 이거뿐이니 참으로 한심하기 짝이 없군요."

"그런 소리 말게. 후일 자네 역시 천을 위해 크게 쓰이게 될 게야. 1호께서도 그리 말씀하셨네."

"아……."

경외해 마지않는 1호가 자신을 언급했다는 말에 35호는 슬그머니 물었다.

"혹시 1호를 직접 뵌 적 있으십니까?"

"물론."

"……실례가 되지 않으면 1호께선 어떤 분인지 말씀해 주실 수 있겠습니까?"

"그러지."

14호는 잠시 생각에 잠겼다가 조용히 입을 열었다.

"우리의 영도자이신 1호께선 실로 신인(神人)과 다를 바 없네. 위대한 지략과 위엄, 가공할 무를 한 몸에 지닌 불세출의 영웅이지. 제천의 탁류 아래 오직 그분만이 다시금 강호에 푸른 하늘을 되찾아줄 거라 천의 모두가 굳게 믿고 있어."

"저 역시 1호를 직접 영접한 적은 없지만 그리 생각합니다."

고개를 끄덕인 14호가 말을 이어나갔다.

"당금 천하는 신장룡이 묵시천존과 천간십존의 위세를 빌어 만든 가짜 강호일세. 천하는 다시금 과거 낭만강호 시대로 회귀해야만 해."

천의 일원이 비밀리에 읽고 바로 파기하는 문서에서 누누이 강조하는 소위 '회귀론'이다.

35호가 완전히 감화돼 천에 투신하는 결정적 계기가 된 사상이기도 했다.

"그러니 우리가 벌이는 모든 일은 비정상의 정상화를 위한 정당한 투쟁이며 그로 인한 모든 행위 역시 위악(僞惡)일세. 그러니 투쟁 과정에서 흐르는 피에 일말의 죄책감조차 가질 필요 없지."

피를 보는 건 기정사실이다.

많은 자들이 죽겠지.

14호는 앞으로 천이 벌일 모든 행위에 대한 정당성을 부여했다.

그들이 속한 조직은 지속적인 세뇌 작업을 통해 구성원 대부분 '진심으로' 자신들이 곧 정의이며 진정 무림의 미래를 위해 스스로를 희생한다 생각하고 있었다.

35호 역시 이들의 사상에 완전히 동조했고 그것이 진정 옳은 길이라 여겼다.

천이 흩뿌리고 다니는 사상은 무림인에게 지독히 매혹적인…… '독'이었다.

"14호. 부디 임무를 완수하기 바랍니다."

"물론. 35호 자네는 몸을 사리게나. 훗날을 기약하기 위해 말이야."

"예."

"이만 돌아가지."

"아, 14호."

"응? 할 말이 남았는가?"

잠시 망설이던 35호는 이윽고 결연한 표정으로 14호의 옆구리를 가리키며 말했다.

"그걸 제게 주실 수 있겠습니까?"

"이걸? 어째서?"

"만일의 사태를 대비하기 위해섭니다."

"……설마?"
"그 설마가 맞습니다."
"……알겠네. 내게 몇 개 더 있으니. 받게."
"감사합니다."
"후우, 35호. 자네의 충심은 가히 대단하군."
35호는 자조적인 얼굴로 말을 이었다.
"제가 할 수 있는 건 고작 이런 거뿐이니까요."
"겸손한 사람 같으니라고. 자, 그럼 이만 돌아가지."
"알겠습니다."
그렇게 14호와 35호는 밀실을 떠났다.
천하를 뒤흔들 거대한 태풍의 시작이었다.

"두 단주님. 몸은 좀 괜찮으세요?"
"어허! 같은 단주끼리 두 단주가 뭔가. 그냥 두 형님이라 부르게."
환신은 그 말에 어이가 없었다.
'나보다 두 배, 아니, 세 배는 더 산 거 같은데 형님이라고?'
하지만 그렇게 불러달라는데 어쩌겠는가.
해달라는 대로 해줘야지.

"아, 알겠습니다. 두, 두…… 형님."

"푸하핫! 그래그래! 환 형제!"

시원하게 웃으며 환신의 등짝을 때리는 두파.

'감정이 좀 실린 거 같은데. 차라리 시원하게 싸울 때가 더 속 편한 느낌이…….'

씁쓸한 표정을 짓는 환신에게 두파가 말했다.

"환 형제가 이토록 고강한 무공을 지녔을지 꿈에도 몰랐구만. 실로 낭인계의 홍복이 아닐 수 없네."

"감사합니다."

"그런 의미에서 이번 낭인투의 결과에 깨끗하게 승복하지. 추씨 형제에 대한 영입 제안은 없던 일로 하겠네."

"다행이네요."

그렇게 화기애애한 분위기가 조성되자 두파가 은근한 어조로 입을 열었다.

"그런 의미에서 제안을 하나 할까 하는데."

"말씀하세요."

"환 형제의 낭인단이……."

"흑오단입니다."

"그래. 흑오단. 자네 흑오단과 내 귀호단이 긴밀한 협력 관계를 구축하는 건 어떻겠는가."

그 제안에 환신은 순간 혹하지 않을 수 없었다.

두파의 낭인계 영향력을 생각하면 나쁘지 않은 제안이다.

'오히려 내가 부탁해도 모자랄 일이지.'

환신이 고개를 끄덕이며 긍정을 표했다.

물론 한마디 덧붙이는 걸 잊지 않았다.

"의뢰비만 두둑이 챙겨주신다면 얼마든지."

두파가 다시 한번 크게 웃음을 터뜨렸다.

"푸하하핫! 환 형제! 이제 보니 곱상한 외모와 달리 성정이 그야말로 낭인답구만! 아주 화끈한 게 마음에 들어! 내 큰 건이 있을 때 제천순구를 통해 연통을 넣도록 하지!"

'제천'의 서브 퀘스트는 인연에서 시작해 인연으로 끝난다고 해도 과언이 아니다.

이렇게 만든 인연이 제천순구를 통해 의뢰를 보내오는 형식이다.

"환 형제와 친분을 맺게 됐으니 이를 기념하는 의미에서 내 크게 한턱내도록 하지! 자, 객잔으로 가세나!"

"저, 저기 다치신 곳은……"

"환 형제 자네가 진기를 회수해 준 덕분에 내상이 도지지도 않고 상처는 대충 고약 발랐으니 문제없어! 자고로 낭인에게 상처란 술을 진탕 마시면 대충 해결되는 것! 추씨 형제들! 그렇지 않은가!"

"동의합니다!"

"그건 맞습죠!"

광동삼살까지 동의하자 환신은 한숨을 내쉬며 고개를

끄덕였다.

‘낭인이 됐으니 낭인들의 문화를 따르는 수밖에.’

사회생활 힘들다.

이 세계든 본래 세계든.

방구석 게이머에겐 더더욱.

두파를 따라 대로변에 위치한 대형 객잔에 도착했다.

향긋한 술 내음이 진동하자 추호가 입맛을 쩝쩝 다셨다.

“크흐! 이걸 기다렸다고!”

추서가 부러운 듯 중얼거렸다.

“도박장…….”

“오, 내 야심한 밤이 되면 도박장에 데려가 주지. 아주 호화롭다네.”

“오오! 역시 두 단주십니다! 아주 사나이답습니다! 푸하하하핫!”

“푸하하하하핫!”

서로를 마주 보며 시원하게 웃는 추서와 두파.

‘죽이 잘 맞아, 아주?’

환신이 아니었으면 광동삼살을 영입했을 수완가다운 솜씨였다.

일행이 객잔 안으로 들어가자 점소이가 그들을 맞았다.

병기를 짊어진 험상궂은 사내들을 마주한 점소이는 두말할 거 없이 3층으로 안내했다.

어느 객잔이든 3층은 무림인들을 위한 공간이다.

“내가 여기 단골인데 객잔주가 손수 담근 남두강주가 아주 일품이야! 누각 위로 보이는 천주산 역시 절경이 따로 없지! 기대해도 좋네!”

“두 형님만 믿겠습니다.”

“그래그래.”

3층으로 올라가자 역시나 무림인들이 자리를 차지한 채 식사를 하거나 술을 즐기고 있었다.

그때.

추서가 손으로 들어 한쪽을 가리켰다.

“어? 저들은…….”

객잔 3층 구석.

같은 차림을 한 무인 십여 명이 옹기종기 모여 있다.

하나같이 가슴에 ‘봉(蜂)’ 자가 새겨진 백의를 입고 있었다.

그들은 식사 중인 누군가를 보호하듯 원진을 짠 상태였다.

두파가 별생각 없이 입을 열었다.

“오늘도 오셨구만. 하긴, 이 객잔 남두강주가 끝내주긴 하지.”

“누군데 그러십니까?”

추호의 물음에 두파가 별거 아니라는 듯 말했다.

“저기 백의무인들의 호위를 받고 있는 노인이 바로 노대부인 치료를 위해 몇 달째 남궁세가 내원에 머물고 계신 봉침구명 어르신일세."

순간.

환신의 눈에서 벼락처럼 안광이 번뜩였다.

당연했다.

봉침구명이 바로 환신이 그토록 애타게 찾던 양대신의 중 한 명이었으니까.

6장
봉침구명

양대신의(兩大神醫).

'제천' 세계관에는 수많은 의원 캐릭터가 존재한다.

각 성도마다 이름을 알린 명의가 존재하고 작은 현에도 의원이 배치돼 있다.

서브퀘스트를 수행하고 입은 부상을 치료해야 하니 당연했다.

그런 의원 캐릭터의 정점에 양대신의가 있었다.

양대신의, 그러니까 봉침구명(蜂針求命)과 화약사(花藥師)는 각기 다른 분야의 전문가로 봉침구명은 침구술과 외상치료, 화약사는 약제술과 연단술의 최고봉이다

특히 봉침구명은 자신만의 비법으로 키운 혈봉(血蜂)이란 영물을 진기를 통해 다루는 방식으로 침술을 베푼다.

그의 침술이 어찌나 대단한지 숨이 멈춘 자도 1시간이 지

나기 전에 침을 놓으면 벌떡 일어나게 할 수 있다고 한다.

물론 선천지기가 고갈돼 천명이 다하면 그도 별수 없었다.

화약사의 실력 역시 만만치 않았다.

선천지기가 고갈돼 명이 얼마 남지 않은 자도 화약사가 조제한 영단을 복용하면 최대 3개월가량 수명을 늘릴 수 있다.

실로 신의란 존칭이 아깝지 않은 자들이다.

'하지만 양대신의에겐 한 가지 공통점이 있지.'

바로 은을 비정상적으로 좋아한다는 것.

화약사 같은 경우 황산 깊숙한 곳에 위치한 신비로운 계곡에 처박혀 영약 농장을 조성해 대량생산에 나서 이를 유통하는 약왕당(藥王黨)이라는 단체를 운영한다.

봉침구명은 더 골 때리는데 구명당(求命黨)이란 일종의 무력 단체를 조직해 각 성의 성도마다 분타를 만들어 운영하고 있다.

구명당은 관부, 군부의 고관대작을 고객으로 유치해 의술을 제공하는 건 물론이고 무림인 간의 분쟁과 민간의 계투에까지 개입한다.

'광동계투 끝나고 구명당 소속 의원들한테 치료받았지.'

외상 치료 능력 하나는 끝내주니 별수 없다.

구명당은 특히 다 죽어가는 자를 치료해 주고 엄청난 은을 청구하는 걸로 악명이 높았다.

이런 자들이 빚을 갚지 못해 구명당 소속 종신 무인으로 전락했다.

양대신의는 무림고수를 치료해 줄 때 은 외에도 추가로 의뢰 수행을 요구하는 걸로 유명하다.

'딱 봐도 서브 퀘스트 때문에 만든 설정이잖아!'

또 하나같이 성격이 괴팍하기 짝이 없어 설령 십존이 와서 치료를 요구해도 눈 하나 깜짝 않고 은과 의뢰를 들이밀 인간들이었다.

'이런 미친놈들한테 태음칠절맥 치료를 요구해야 하다니.'

게임상에선 퀘스트 받아 수행하는 개념이니 크게 신경 안 썼는데 막상 하루 일곱 번 지옥 같은 고통을 겪다 보니 일이 틀어지면 아예 정신 줄을 놔버릴 거 같았다.

'……나도 내가 무슨 짓을 저지를지 모른다고!'

하지만 별수 있는가.

일단 대화를 시도해 볼 수밖에.

환신은 조용히 자리에서 일어났다.

"주군. 무슨 일이십니까?"

"저쪽에 볼일이 있어서. 두 단…… 크흠, 두 형님께서도 한잔하고 계시죠."

"알겠습니다."

"그러지."

광동삼살과 두파를 뒤로하고 봉침구명과 구명당 무사들

이 자리 잡고 있는 객잔 구석으로 걸어갔다.

환신이 다가오자 구명당 무사들이 경계했다.

수상하기 짝이 없는, 까마귀 깃털 수천 개를 붙여놓은 듯한 기이한 전포를 입은 미모의 소년이 다가오니 당연하지.

무사들은 일제히 각자의 병기에 손을 가져다 댔다.

구명당 무사 조장이 살벌하게 쏘아보며 말했다.

"멈춰라. 무슨 일이냐."

"……신의께 드릴 말씀이 있어 왔습니다."

"꺼져라. 신의께선 외인을 상대할 정도로 한가롭지 않으시다."

환신은 어떻게든 좋게 해결하고 싶어 포권하며 고개를 깊이 숙이고 간곡한 어조로 말했다.

"부디, 부디 신의를 만나게 해주십시오. 이렇게 부탁드립니다."

"일 없다! 꺼지라 하지 않았느냐!"

"제발, 제발 한 번만 기회를 주십……."

그러며 한 발짝 앞으로 내디뎠을 때였다.

-차라라랑!

빛이 번뜩이며 십여 개의 칼날이 환신의 목을 겨눴다.

조장은 싸늘한 눈으로 말했다.

"더 이상 자비를 베풀지 않겠다. 죽고 싶지 않으면 당장 삼 보 뒤로 물러나라."

순간.

환신의 머릿속에 존재하는 가늘기 짝이 없는 무형의 실이 뚝 끊겼다.

동시에 눈동자가 점차 광기로 물들기 시작했다.

'……나, 나는 매일 지옥 같은 고통을 견뎌야 하는데. 그런데도 인내심을 발휘해서 이렇게 신사적으로 나오는데 감히, 감히 내 앞을 가로막아? 이 버러지 새끼들이?'

환신의 목이 점차 기이한 각도로 꺾였다.

눈동자가 지옥의 심연을 연상시킬 정도로 깊고, 어두워졌다.

초점이 사라지고 어딜 응시하는지조차 알 수 없다.

환신의 머릿속에 한 가지 생각뿐이었다.

'다 죽일까?'

어렵지 않다.

흑영낭 속에 있는 수백 개의 화살촉 중 몇 개 꺼내 던지면 이 버러지들의 몸통에 주먹만 한 구멍을 뚫어줄 수 있나.

'얼굴 한가운데 구멍 뚫리면 아주 볼 만하겠어.'

한순간 광기에 젖어 마성에 빠져들 정도로 태음실절맥이 가져다주는 고통은 어마어마했다.

구명당 무사들은 순간 온몸에 소름이 돋았다.

동시에 등 뒤로 식은땀이 흘렀다.

'이건…… 위험하다!'

무림에선 노인과 여자, 아이를 조심해야 하는 법.

지금이 딱 그 상황이다.

무시무시한 눈으로 자신들을 응시하는 기이한 외양의 소년이 뿜어내는 기파는 도대체……?

조장은 이를 악물었다.

이런 일을 한두 번 겪은 게 아니었다.

일류고수답게 사자후를 터뜨렸다.

"어헝! 모두 정신 차려! 진세를 구축하라!"

"조, 존명!"

구명당 무사들이 빠르게 검진을 형성했다.

환신은 기괴한 모습으로 그들을 바라보았다.

어느새 손에 화살촉이 쥐어져 있었다.

파르르 떨리며 은은히 금광을 방출하기 시작하는 화살촉.

즉발식으로 공간을 접어 저들의 몸에 구멍을 뚫어놓을 기세였다.

한창 광동삼살과 술을 푸던 두파는 어안이 벙벙한 얼굴로 말했다.

"추 형제. 환 아우 갑자기 왜 저러나?"

"그, 글쎄요."

"큰형님! 지금 완전 일촉즉발인데요? 우리도 나서야 되는 거 아닙니까!"

"막내야! 네 말이 옳구나!"

두파가 손사래를 치며 말했다.
"이보게들. 나는 빼주게."
사나이 두파.
돈 안 되는 일은 하지 않는 주의였다.
"그러십쇼!"
광동삼살까지 무기를 들고 가세하려는 바로 그때.
일단의 무리가 객잔 3층으로 올라왔다.
두파가 그들을 보고 중얼거렸다.
"차, 창궁무사?"
그런 창궁무사들 사이로 은색 털을 지닌 육식동물의 머리가 불쑥 튀어나왔다.
설랑이었다.
어슬렁어슬렁 앞으로 걸어가는 설랑 위에 작은 체구의 어린 소녀가 앉아 있었다.
남궁소소였다.
남궁소소는 장내의 살벌한 분위기 따위 아랑곳하시 않고 객잔 내부를 이리저리 훑어보다 반색하며 한쪽으로 설랑을 몰았다.
"할아버지!"
그러자 구명당 무사 사이로 누군가 얼굴을 쏙 내밀었다.
청색 비단옷을 입은 머리가 하얗게 센 노인이었다.
손에는 술잔을 들고 있었는데 남궁소소를 보자마자 곧

장 식탁에 술잔을 집어 던지고 자리에서 일어났다.

"오? 소소 아니냐!"

"할아버지이!"

설랑에서 폴짝 뛰어내려 노인에게 쪼르르 달려가 안기는 남궁소소.

그 모습이 너무 귀엽고 깜찍해 장내의 살벌한 분위기를 단번에 녹여 버렸다.

광기에 사로잡혔던 환신 역시 정신이 번쩍 들었다.

'크, 큰일 날 뻔했네.'

구명당 무사들과 무력 충돌을 벌였으면 치료받긴 완전 글렀을 텐데.

정말 다행이었다.

남궁소소는 노인, 신의 봉침구명에게 말했다.

"할아버지. 무슨 일 있어요?"

"흥! 일 없다! 의원이 늘상 겪는 행패일 뿐이지."

순간 환신의 얼굴이 확 붉어졌다.

'제, 젠장! 응급실에서 난동 부린 주폭 아재 된 기분이네.'

딱히 다를 것도 없지 뭐.

그때.

환신은 힐끔 자신을 보며 귀엽게 눈웃음치는 남궁소소를 보고 움찔했다.

남궁소소가 다시 봉침구명을 보며 입을 열었다.

"할아버지이~ 소소, 할아버지한테 부탁이 있는데요."

"부탁?"

"예! 들어주실 거죠?"

그러며 환하게 웃는 남궁소소.

봉침구명은 애교에 흐물흐물 녹아 고개를 마구 끄덕였다.

"그럼 그럼. 내 소소의 부탁이라면 뭔들 못 해줄까. 당장 말해 보거라."

"소소가 할 부탁은요오. 여기 예쁜 오라버니가 하는 말을 들어주는 거예요!"

"뭐, 뭐라고?"

봉침구명은 환신을 보고 얼굴을 구겼다.

다시 남궁소소를 보며 말했다.

"소소야. 그건 좀……."

"할아버지이. 설마 소소한테 거짓말하신 건 아니죠?"

"그, 그게……."

"소소 거짓말 제일 싫어하는 거 아시죠?"

"알지……. 하아."

봉침구명은 깊이 한숨을 내쉬며 말했다.

"허허, 거참. 노부가 노대부인 치료를 위해 남궁세가에 눌러앉게 된 것도 다 소소 너 때문이다. 본래 노대부인이 타계하면 떠나려 했거늘 장례식 끝날 때까지 붙잡힌 것도 다 너 때문이고. 이 요망한 것!"

"히히. 그래서 싫으세요?"
"……아니다. 하아아."
봉침구명이 다시 한번 깊은 한숨을 토하자 남궁소소는 혓바닥을 쏙 내밀었다.
그게 또 그렇게 깜찍할 수 없었다.
고개를 절레절레 젓던 봉침구명이 환신 쪽으로 시선을 돌렸다.
"어이. 거기 얼굴 반반한 소년 무사."
"예, 예에."
"따라오게."
그 말에 환신은 반색했다.
"아, 알겠습니다!"
"할아버지! 소소도 같이 가면 안 돼요?"
남궁소소의 말에 봉침구명이 엄한 얼굴로 만류했다.
"비록 노부가 은을 아주 살짝 밝히긴 하지만 그만큼 의원으로서 어겨선 안 될 금기 하나만큼은 확실히 지키느니라. 자고로 환자와 환자 가족은 언제나 비밀을 숨기고 있는 법. 기다리고 있거라. 오래 걸리지 않을 테니."
"예에……."
아쉬운 얼굴로 말을 흐리는 남궁소소.
하지만 곧 환신을 보며 빙긋빙긋 웃었다.
새끼 사막여우가 꼬리를 흔드는 것 같은 모습에 환신은

자기도 모르게 살짝 미소를 지었다.

"뭐 하는가! 서둘러 오지 않고!"

"지금 갑니다!"

남궁소소는 봉침구명을 쫓아가는 환신의 뒷모습을 몽롱한 눈으로 바라보았다.

"아, 아앗. 너무 잘생겼어……."

객실 탁자에 앉아 서로를 마주 보는 환신과 봉침구명.

환신은 봉침구명에게 고개를 숙였다.

"봉침구명 어르신."

그러자 봉침구명이 손가락을 까딱거리며 말했다.

"노부의 이름은 동방척일세. 동방 의원이라 부르게."

"아, 알겠습니다. 동방 의원님."

"길게 끌 거 없겠지. 환자가 누군가?"

"접니다."

"그렇군. 손목을 내밀어보게."

무림에선 함부로 손목을 내주지 않는다.

손목의 맥문이 제압되면 꼼짝달싹할 수 없기 때문이다.

하지만 환신은 망설임 없이 손목을 내밀었다.

동방척이 의원으로서 누구보다 철저하단 사실을 잘 알기 때문이다.

그는 철저한 중립으로 정사마를 가리지 않으며 누군가의 편을 드는 법 또한 없었다.

'아. 편을 드는 게 하나 있지. 그놈의 은.'

환신의 손목에 손가락을 대고 진맥하는 동방척.

가만히 눈을 감고 진맥하던 동방척이 눈을 번쩍 떴다.

그의 동공에 지진이 일어났다.

"이, 이건……."

믿지 못하겠다는 듯 환신의 얼굴을 봤다가 다시 눈을 감고 진맥했다.

그사이 동방척의 표정이 수십 번도 더 변했다.

차 한 잔 마실 시간이 지나자 조용히 눈을 떴다.

환신이 서둘러 물었다.

"뭐, 뭘 좀 아시겠습니까?"

"허허. 무례하기 짝이 없는 놈일세. 나 동방척이야, 동방척! 봉침구명이라고!"

"죄, 죄송합니다."

"알면 됐네. 허허. 그나저나 그간 수많은 절맥을 진맥했지만 설마하니 태음칠절맥을 앓고 있는 자를 보게 될 줄이야."

동방척의 입에서 태음칠절맥이란 단어가 나오자 환신의 눈이 뒤집어졌다.

그럴 수밖에.

절맥의 명칭을 정확히 알고 있다는 건 치료할 방법도 알고 있다는 반증 아닌가!

"동방 의원님! 제 병에 대해 아시는 건가요?! 그럼 치료도 가능합니까?"

환신의 절규에 동방척이 웃으며 말했다.

"응. 못 해."

그 말이 끝나기 무섭게 환신에게서 패도적인, 아니, 마기에 가까운 기운이 뿜어졌다.

동시에 얼굴 절반이 붉고 푸르게 변했다.

수라마기 발동이다.

오른손이 황금빛으로 물들며 그 위로 광자검기를 머금은 화살촉이 모습을 드러냈다.

일양지기와 수라마기.

전혀 상반된 이종 진기를 동시에 운용하다니.

일반적인 무학의 상식을 훌쩍 뛰어넘는 일이었다.

그 모습에 동방척이 화들짝 놀라 손을 마구 휘저으며 외쳤다.

"잠깐! 잠깐잠깐잠깐!"

다급한 동방척의 목소리에도 불구하고 환신의 표정엔 일말의 변화조차 찾아볼 수 없었다.

그저 무저갱 같은 눈으로 동방척을 볼 뿐이다.

태음칠절맥을 치료할 수 없는 현실에 절망에 빠져 급격히 마성에 물든 것이다.

이 야만의 세계에 내던져져 매일같이 지옥 같은 고통을 감내해야 상황 속에서 환신은 매 순간 마성에 빠져들 위험을 품고 있었다.

"……하루하루 미칠 거 같은 고통을 오직 치료할 수 있을 거란 희망 하나로 버텨왔는데. 다 죽여 버릴 거야. 다 죽여 버릴 거라고!"

유일한 희망이 무너졌다.

정신 줄을 놓지 않고 버틸 방법이 없었다.

동방척이 빽 소리쳤다.

"진정하거라! 나 혼자 치료 못 한다는 거지, 아예 치료 불가능하단 게 아니얏!"

그야말로 절박한 외침.

촉수처럼 뻗어가던 수라마기가 순식간에 단전으로 갈무리되고 태양 같은 열기를 내뿜던 화살촉이 슬그머니 흑영낭 안으로 들어갔다.

무저갱 같던 눈동자도 점차 정상으로 돌아왔다.

환신이 살짝 물기 젖은, 그렁그렁한 눈으로 말했다.

"지, 진짜죠? 거짓말 아니죠?"

"……그렇다. 그나저나 눈물 좀 닦거라. 보기 흉하구나."

환신은 소매로 눈가를 훔치며 말했다.

"이건 눈물이 아니에요. 따, 땀이라고요."

"어, 그래."

"진짜예요!"

"알았다니까! 차나 한잔 마시고 진정하거라."

"……예."

쌉싸름한 차를 한 모금 음미하며 잠시 마음을 진정시키고 대화를 이어나갔다.

"죄송합니다."

"괜찮느니라. 마도 고수를 상대하다 보면 마성을 주체 못 해 폭발하는 일 따위 흔히 겪게 되지."

"……."

"물론 새파랗게 어린것이 이리 지독한 마성을 폭발시키는 건 또 처음 보지만."

"……정말 죄송합니다."

환신은 속으로 이를 갈았다.

'사람 갈구는 솜씨가 보통이 아닌 늙은이야.'

하지만 어쩌겠는가.

저 늙은이가 자신의 목숨 줄을 쥐고 있는데.

억지로라도 웃어야지.

"그러고 보니 네 이름이 무엇이냐?"

"환신이에요."

"그래. 환신. 너는 태음칠절맥에 대해 얼마나 아느냐?"

캐릭터 생성 당시 확인한 정보가 전부였으니 제대로 안다고 볼 수 없었다.

그 정도 지식만으로도 대단했으니 숨길 건 숨겨야지.

"음한 계열 절맥증이고 매일 아프고 오래 살지 못한다는 정도만 알고 있어요."

"하긴, 어떤 의원을 찾아가도 들을 수 있는 건 그게 전부겠지. 알겠다. 아무래도 약간의 설명이 필요할 듯싶구나."

동방척은 하얀 수염을 쓰다듬으며 입을 열었다.

"후한 말은 뛰어난 의원이 활약한 시대였다. 많은 이들이 죽고 다치는 난세였으니 당연하겠지. 특히 당대의 신의로 건안삼신의가 명성을 떨쳤다. 건안삼신의 중 한 명이 그 유명한 신의 화타니라. 화타와 동급인 건안삼신의 중 장기, 달리 장중경이란 이름의 신의가 있었다."

그는 창문 너머로 시선을 던지며 계속 말을 이어나갔다.

"장중경은 춘추시대의 신의인 편작이 남긴 편작심서를 연구해 후대 의원에게 금과옥조가 될 '상한론'이란 절세 의서를 집필했지. 장중경의 상한론에는 편작심서에 실린 고대의 절맥증 외에도 하늘이 내린 무인이 즐비했던 후한 말 무신들의 절맥증까지 총망라돼 있다."

동방척은 아련한 눈으로 천장을 보며 말했다.

"시간이 흐르고 상한론 원전이 소실되어 그중 일부가 세상에 퍼졌다. 허나 원전에 비하면 그 신묘함이 채 1할도 안 되는 결격품에 불과하지. 하지만 나 동방척은 소싯적 천하를 주유하다 운명처럼 상한론 원전을 발견하게 됐느니라."

그는 가슴을 펴며 말했다.

"천하에 태음칠절맥에 대해 아는 자는 두 명. 나와 화약사라 불리는 냉조, 단둘뿐이다."

한마디로 양대신의는 장중경의 비전인 상한론 원전을 이은 자들이라는 것.

'제천'을 플레이하며 수십 차례 절맥증을 치료받았지만 이런 배경 설명은 처음 듣는다.

그만큼 태음칠절맥은 여타의 절맥증과 격을 달리했다.

"하지만 상한론 원전 내용이 워낙 방대하다 보니 상한론 침방은 나 동방척이, 약방은 냉조 그 요사스러운 놈이 이었지. 한마디로 다른 의원 찾아가 봐야 태음칠절맥이 뭔지도 모른다는 뜻이니라."

"예……."

천하에 둘도 없는 절대 의서를 이은 두 의원이 은을 더럽게 밝히는 인간이란 사실이 어처구니없는 심정이었다.

'젠장! 완전 코 꿰네.'

동방척은 씨익 웃으며 말을 이어나갔다.

"그나저나 설마 이 시대에 태음칠절맥이 등장할 줄이야. 상상도 못 했구나. 태음칠절맥은 음한 계열 절맥 중에서도 유례를 찾을 수 없을 정도로 지독하기 짝이 없는데, 태음지기는 천지간에 가장 음한한 달의 음기와 우주의 냉기의 정화이기 때문이니라."

'이런 썅! 어쩐지 드럽게 춥더만!'

"상한론상의 기록에 따르면 태음칠절맥을 앓는 자는 보통 고통받는 자식의 모습을 보지 못한 부모의 손에 죽거나 고통을 이기지 못하고 자살을 선택하고, 설령 자살 충동을 이겨낸다 해도 약관이 되기 전에 전신 칠대혈을 중심으로 혈맥은 물론이고 오장육부까지 얼어붙어 동사하게 되지. 어찌 됐든 스물을 넘지 못하고 요절하는 건 정해진 일이니라."

아무렇지 않은 얼굴로 처참한 미래를 언급하는 동방척의 말에 부아가 치밀었다.

허나 중요한 건 그게 아니었다.

"호, 혹시 상한론 원전에 태음칠절맥 치료법이 있나요?"

"물론!"

"아……."

안도의 한숨을 내쉬는 환신.

동방척이 그런 환신을 보며 말했다.

"허나 태음칠절맥 치료는 실로 만만한 일이 아니니라. 그야말로 태산을 옮길 정도의 가공할 노력과 재화가 필요하지. 먼저 노부 혼자서는 치료가 불가능하다. 내 침술 외에도 냉조 그놈이 제조하는 특제 영단이 필수다. 또 희귀하기 짝이 없는 영초와 영물, 요괴의 내단, 피, 골수 등이 요구되지."

"끄으응……."

"여기서 끝이 아니다. 태음칠절맥 치료를 위해선 태음지기가 고여 있는 혈맥을 한 번에 하나씩 타동해야 하는데 이때 타동한 혈맥의 태음지기가 다른 혈맥의 태음지기와 결합돼 순도가 높아져 점차 타동 난이도가 올라간다."

"……뭐 그런 절맥이 다 있어요?"

"그런 절맥을 네가 앓고 있느니라."

"이런, 씨이!"

환신은 자기도 모르게 머리카락을 쥐어뜯었다.

동방척은 껄껄 웃었다.

"푸하하핫! 괜히 태음칠절맥을 달리 고금제일절맥이라 칭하는 것이 아니니라. 천하에 존재하는 모든 질병의 정점에 태음칠절맥이 군림한다 생각하면 된다. 대신 뛰어난 지능, 송옥과 반안을 연상케 하는 절세 용모를 얻게 되니 추후 강호의 여협들이 네놈의 손짓, 발짓 한 번에 시린 눈물을 흘릴 게 눈에 선하구나. 그러고 보니 소소 그 앙큼한 것도 네가 마음에 들어 노부에게 잘 봐달라고 애교를 떨지 않았더냐."

"……그건 좀 마음에 드네요."

"뭣이라? 푸하하하핫!"

시원하게 웃음을 터뜨린 동방척이 다시 말을 이어나갔다.

"헌데 신기하구나. 절맥증 중에서도 음한 계열 절맥은 양강 계열 절맥과 달리 진기 유통이 극히 어려워 무공을 익히는 게 불가능에 가까운데. 어찌 무공을 익히고 심지어

인당혈을 뚫어 절정의 벽을 넘었는지 알다가도 모르겠다."

"……."

"뭐 기를 다루는 재능이 어마어마하면 아주 불가능한 건 아니니 넘어가고. 거기에 철골금강지체까지. 참으로 재밌는 환자를 맡게 되었어."

확실히 동방척은 신의라 불릴 만했다.

진맥 한 번으로 환신의 육체에 대한 거의 모든 정보를 획득했으니 말이다.

동방척은 갑자기 얼굴을 굳혔다.

"한 가지 기억하거라. 어떻게 절정의 벽을 넘었는지 모르지만 초절정의 경지는 전혀 다른 차원의 이야기니라."

"예? 다른 차원의 이야기요?"

"그렇다. 초절정의 경지를 돌파하려면 임독양맥을 타동하고 생사현관을 개방해야 하는데 애초에 태음칠절맥 환자에게 가당치도 않은 일이지만 설혹 천운이 닿아 그런 일이 벌어져도 환골탈태 과정에서 태음지기가 전신 혈맥, 오장육부, 뼈, 피부까지 퍼져 나가 단번에 태곳적 빙하를 능가하는 얼음덩어리로 전락해 버릴 것이니라. 그럼 두말할 필요 없이 즉사다. 노부는 물론이고 설사 대라신선이 와도 살릴 수 없다. 그러니 시도조차 하지 말거라."

환신은 동방척의 말에 절정의 벽을 뛰어넘던 순간을 떠올렸다.

'……그러고 보니 운기조식을 반복하는 과정에서 수라마기와 융합한 태음지기가 강렬한 냉기를 내뿜었어.'

초절정의 벽을 넘는 과정에서 보다 높은 순도의 공력과 결합한 태음지기가 이보다 더한 냉기를 뿜어 온몸이 꽁꽁 얼어붙을 수 있는 것이다.

"아, 알겠습니다. 감사합니다."

"그래그래."

헌데.

문득 이런 생각이 들었다.

기린지재라면.

무의 절대재능 기린지재라면, 어쩌면 태음지기를 제어할 수 있지 않을까?

퍼뜩 고개를 저었다.

'……에이. 목숨 가지고 장난치는 거 아니지. 안전하게 가지, 안전하게.'

"자. 설명은 여기까지다. 이 정도면 노부가 태음칠절맥을 치료할 수 있다는 사실을 믿을 수 있겠지?"

"예."

"좋다. 그럼 이제 치료비 계산에 들어가도록 하자꾸나."

"……."

능글맞게 웃으며 엄지와 검지를 비비는 동방척의 모습이 그렇게 얄미울 수 없었다.

동방척이 가벼운 어조로 말했다.

"먼저 치료비는 은원보 1만 개다."

환신은 당장에라도 튀어나올 것처럼 눈을 부릅떴다.

"뭐, 뭐라고요? 은원보 1만 개요?!"

"그렇다. 참고로 동전 한 닢 깎아줄 수 없으니 말도 꺼내지 말거라."

"마, 말도 안 돼……."

환신이 누군가.

'제천' 99회차 플레이에 빛나는 고인물 중의 고인물 아닌가.

당연히 환신이 치료한 절맥증 역시 수십 종.

하지만 그 어떤 절맥증도 은원보 천 개 이상 내본 적이 없다.

그것도 비싸다고 욕을 바가지로 했지.

은원보 1개면 은자로 50냥.

현대의 가치로 1,000억 원에 버금가는 천문학적인 금액이다.

"허허. 노부가 악덕 의원도 아니고 무리한 요구는 하지 않는다. 태음칠절맥을 완치시키려면 일곱 번의 치료가 필요하니 총 7회에 걸쳐 분할 상환하면 되느니라."

"가, 감사합니다."

물론.

여기서 끝이 아니었다.

"그리고 은원보 외에도 노부의 의뢰를 일곱 개 들어줘야 한다."

"……."

지금까지 어떤 절맥증 치료도 의뢰 3개 이상 받아본 적이 없는데!

'끄으응, 태음칠절맥. 정말 상상을 초월하는 페널티구나. 기린지재 떴다고 좋다고 플레이 버튼 누른 내가 등신이지!'

그때 동방척이 뭔가 생각난 얼굴로 말했다.

"아, 물론 이건 노부에게 지불할 치료비고. 냉조 그놈에게 지불할 치료비는 따로 마련해야 될 게야. 치료하도록 설득하는 것도 네 몫이고. 아, 소개장은 써줄 테니 가져가면 만나는 줄 것이다. 허허, 고맙다는 말은 필요 없다. 모처럼 큰손을 모셨는데 치료비를 원활히 회수하기 위해서라도 밑밥 정도는 깔아둬야 하는 법이니."

한신의 얼굴이 완전히 썩어버렸다.

그렇다.

생각해 보니 한 명한테 치료받는 게 아니라 두 명에게 같이 치료받아야 했다.

당연히 지불해야 될 치료비도 두 배.

양손으로 머리카락을 쥔 채로 아련한 눈으로 동방척을

응시하는 환신.

동방척은 정색하며 말했다.

"일 없다. 그런다고 안 깎아줘."

다시 머리카락을 쥐어뜯었다.

바로 그때!

뇌리를 스치는 천재적인 영감!

환신이 손을 번쩍 들었다.

"동방 의원님! 질문 있습니다!"

"말하거라."

환신의 눈동자가 날카롭게 빛났다.

"혹시…… 치료비로 무공비급이나 신병이기, 기진이보 같은 현물도 받으세요?"

7장
오직 나만이 알고 있다

동방척이 고개를 끄덕였다.

“물론. 구명당이 흑점과 상부상조 관계인 건 강호의 공공연한 비밀이지. 악덕 채무자에게 치료비를 받아내려면 필수불가결이랄까.”

흑점(黑店)은 무림판 암시장으로 세상에 존재하는 모든 게 거래 대상이다.

무공비급, 영단, 절세기병 등등.

비정기적으로 열리는 흑점엔 천하의 온갖 진귀한 보물이 상품으로 나온다.

홍모귀와 곤륜노 같은 노예 역시 거래된다.

심지어 뛰어난 재능과 체질을 지닌 기재, 미모의 절세가인 역시 흑점이 취급하는 매물이었다.

세상의 모든 욕망이 들끓는 장소.

그게 바로 흑점이다.

"흑점에서 매긴 등급에 따라 칼같이 정산해 줄 테니 걱정 말거라. 특히 너 같은 대형 고객은 할인율 우대를 적용해 주기도 하느니라."

한마디로 현물 가져오면 가격 후려칠 건데 넌 대형 고객이니까 좀 덜 후려칠게 라는 뜻이었다.

"……그것참, 눈물 나게 고마운 일이네요."

"허허, 너무 고마워할 필요 없느니라. 이런 세심한 배려 덕분에 구명당이 날로 번창하는 게지."

"……."

아무튼 좋다.

태음칠절맥 완치를 위해.

강호에 존재하는 기연이란 기연은 모두 저인망으로 빨아먹어 주겠어!

'내 커뮤 닉이 왜 기미새인지 아주 제대로 보여준다!'

동방척이 옥패를 던졌다.

"받거라."

확인해 보니 구명(救命)이란 단어가 양각된 옥패였다.

"노부의 신패니라. 강호의 구명당 지부 어디든 신패를 제시하면 노부와 연락이 닿을 것이다."

"알겠습니다."

동방척이 살짝 붉어진 얼굴을 환신 쪽으로 들이밀며 말

했다.

"어서, 어서 은을 가져오거라! 태음칠절맥이라니! 봉신 전설 속 선골이 앓았다는 괴질 중의 괴질 아닌가! 크흐흣, 태음칠절맥을 치료하는 과정에서 얼마나 많은 지식을 쌓을 수 있을까! 정말이지 흥미진진하기 짝이 없구나!"

광기로 번들거리는 눈빛.

환신은 짜게 식은 눈으로 그를 보았다.

'……이 늙은이 완전 미쳤네. 매드사이언티스트가 따로 없구만.'

뒤늦게 자신의 몰골을 알아차린 동방척이 헛기침을 하며 열심히 변명했다.

"커흠! 그리 보지 말거라. 노부의 호기심 충족 외에도 칠대혈과 혈맥의 상태를 살핀 결과 네 수명은 이제 2년 반이 채 남지 않았느니라. 그러니 하루라도 빨리 은을 가져와 치료를 받거라. 그야말로 누이 좋고 매부 좋은 일 아니겠느냐."

"……태음칠절맥에 관심 많으신 듯한데 치료비 좀 깎아주시면 안 되나요? 의뢰도 너무 많은데 좀 줄여주시고."

"어허, 어림없는 소리. 그건 은반능주의라는 노부의 철학에 철저히 배치되는 일이니라. 흰소리 그만두고 어서 은이나 마련해 오거라."

환신은 힘없이 고개를 저었다.

'제천' 세계관 내에서도 손꼽히는 괴인인 건 익히 알고 있었지만 실제로 보니 상상을 가볍게 초월했다.
동방척이 자리에서 일어났다.
"자, 상담이 끝났으니 돌아가자."
"……예."
환신은 어깨를 축 늘어뜨린 채 동방척의 뒤를 따랐다.
등이 아주 천근만근이다.
앞날을 생각하니 벌써부터 목이 다 뻐근할 지경이었다.
3층에 내려오자 남궁소소가 쪼르르 달려왔다.
"할아버지이! 예쁜 오라버니! 이야기 잘 했어요?"
"저기…… 예쁜 오라버니라고 그만 불러줄래? 내 이름은 환신이야."
"그럼 신 오라버니라고 부를게요!"
"어, 그래."
동방척이 남궁소소를 보며 껄껄 웃었다.
"허허헛! 잘 해결됐다. 덕분에 대형 호구…… 가 아니라 대형 고객을 얻었구나. 이게 다 우리 소소 덕분이니라."
"히힛! 정말요?"
"아무렴!"
두 노소의 대화를 듣고 급격히 자괴감에 빠져들었다.
'내가…… 대형 호구…….'
틀린 말은 아니지 뭐.
그때 남궁소소가 환신을 보며 물었다.

"저기, 신 오라버니. 소소 도움 됐어요?"

"응, 고마워."

"히힛! 기뻐요!"

얼굴을 붉히며 몸을 비비 꼬는 남궁소소.

그 모습이 그렇게 깜찍했다.

문득 환신은 창궁무사들의 시선을 느꼈다.

살벌하게 노려보고 있었다.

'제, 젠장. 소소한테 반말했다고 저러는 거야?'

그렇게 생각할 때였다.

"으응?"

환신의 눈에 이상한 장면이 들어왔다.

자신을 보며 빵긋빵긋 웃고 있는 남궁소소의 전신에서 기이한 녹색 파동이 흘러나오기 시작한 것이다.

'기린안이 발동된 건가? 근데 저 기운은 뭐지? 내공은 아닌 거 같은데.'

그 순간.

흑익신화포가 갑자기 제멋대로 움직였다.

망토의 끝부분이 마치 사람의 손처럼 한 곳으로 뻗어 나갔다.

남궁소소 쪽이었다.

창궁무사가 벼락같이 검을 뽑아 들었다.

시퍼런 경력과 함께 환신 쪽으로 검을 찔러갔다.

"이놈!"

"헉! 자, 잠깐!"

환신 역시 깜짝 놀라 스스로를 보호하기 위해 개금비를 전개하려 할 때였다.

"다들 멈춰요!"

남궁소소의 외침.

움찔하는 사이 남궁소소가 손으로 흑익신화포를 쓰다듬었다.

"헤에. 착한 아이구나?"

-끼르륵.

흑익신화포가 마치 살아 있는 생물처럼 기이한 소리를 냈다.

스르륵 환신의 등에서 벗어나 마법 양탄자처럼 허공을 유영하더니 남궁소소의 주변을 빙글빙글 맴돌았다.

"와! 귀여워!"

-끼르르!

99회차 플레이 동안 한 번도 보지 못한 광경에 환신은 순간 혼란에 빠졌다.

'이, 이게 무슨 일이지?'

잠자코 그 광경을 지켜보던 동방척이 탄성을 터뜨렸다.

"허어! 이런 일이! 그 흑색 전포가 무엇이기에 소소의 만수조령지체(萬獸詔令之體)와 공명한단 말이냐?"

"만수조령지체요?"

'제천'에 등장하는 특성에 대한 방대한 지식을 보유하고 있는 환신으로서도 처음 듣는 체질이었다.

'……혹시 소소만 보유하고 있는 특별한 체질인가?'

동방척이 고개를 끄덕이며 말했다.

"그렇다. 만수조령지체는 짐승은 물론이고 영물, 나아가 산해경에 등장하는 신화적인 존재와도 교감할 수 있는 특별한 체질의 소유자를 말하느니라."

"아, 그렇군요."

"그나저나 저 까마귀 날개 같은 전포는 기이하기 짝이 없구나. 어찌 만수조령지체와 공명한단 말인가?"

동방척이 눈을 빛내며 중얼거렸다.

"아무래도 마수마장의 작품이 아닌가 싶은데."

그 말에 환신이 눈을 빛냈다.

'제천' 세계관에는 수많은 신병이기가 존재한다.

특히 주요 캐릭터들은 자신을 상징하는 특별한 병기를 보유한 경우가 많은데 대부분 이름 있는 장인의 작품이었다.

그렇게 수많은 병장기 중에서도 최상위 무구 대부분을 제작한 독보적인 장인이 있었으니.

그가 바로 마수마장(魔獸魔匠)이다.

제천 팬덤에서 '세최장', 즉 세계관 최고 장인이라 불리는 캐릭터.

담로(湛盧), 거궐(巨闕), 승사(勝邪), 어장(魚腸), 순구(純鉤) 등 고대의 신검을 벼려낸 전설의 장인 구야자의 숨겨진 아들이란 설정이다.

마수마장은 병기의 성능도 성능이지만 괴병(怪兵)을 제작한 걸로 유명하다.

그래서일까?

그가 만든 병기는 대부분 영성이 깃들어 있었다.

'흑익신화포만 봐도 알 수 있는 부분이지.'

마수마장은 수많은 병기를 제작했는데 그중 최고봉이 구마동신(九魔動神)이라 불리는 절대병기다.

구마동신의 위상을 설명하는 단적인 예가 존재한다.

당금 천하의 정점인 열한 명의 고수.

묵시천존과 천간십존.

그중 천간십존 경위(庚位) 천각지존 장강백마(長江白馬) 철린.

그가 바로 구마동신 철갑마왕(鐵甲馬王)의 주인이었다.

구마동신은 수천 년 동안 살아 있는 생물처럼 천하를 떠돌며 주인을 찾는 괴병 중의 괴병이다.

한번 등장할 때마다 무림에 피바람이 불었다.

구마동신의 주인은 당대 무림 폭풍의 핵으로 군림하니 당연한 일이다.

그만큼 엄청난 병기란 뜻이었다.

'구마동신은 제천의 대표적인 판타지적 요소니까.'

흑익신화포가 마수마장의 작품이란 사실쯤 진작 알고 있었다.

마수마장의 병기는 서로 공명하는 특징을 지닌다.

99회차 플레이 동안 여러 번 흑익신화포를 얻었으니 모를 리 없지.

'남궁소소가 만수조령지체고, 만수조령지체가 흑익신화포와 공명한다는 사실은 이번에 처음 알았지만.'

환신은 까르르 웃으며 흑익신화포와 놀고 있는 남궁소소를 응시했다.

이제 여덟 살쯤 돼 보이는 어린 소녀가 허공을 유영하는 검은 전포와 노는 광경.

기이한 일을 일상다반사로 겪는 무림인에게도 신비롭기 짝이 없는 광경이다.

동방척은 그런 남궁소소를 흐뭇한 눈으로 바라보았다.

동방척뿐만이 아니었다.

주변의 창궁무사와 구명단 무사들 역시 남궁소소를 보는 시선에 애정이 가득했다.

남궁소소는 만인에게 사랑받는, 그런 자격이 있는 아이였다.

허나.

모두가 웃고 있었지만 환신만은 그럴 수 없었다.

왜냐하면.

'……이틀 후 남궁소소는 죽는다.'

그것도 아주 처참하게.

환신의 가슴이 묵직하게 내려앉았다.

환신은 남궁소소가 죽게 되는 사건을 떠올렸다.

'……신장룡 암살 미수 사건.'

스스로를 청류무사라 칭하는 자들로 이루어진 암중 세력.

청천(淸天)이 감행한 신장룡 맹하후 암살 작전.

이 대사건을 이해하려면 청천에 대해 설명하지 않을 수 없다.

청천은 제천맹 천하를 거부하고 과거 일검쟁투(一劍爭鬪)가 만연했던 낭만강호 시대로 회귀하자는 사상을 지닌 자들로 이루어진 비밀결사다.

현재 무림은 제천맹의 등장과 황실 친위 세력과의 전쟁에서 승리하기 위해 신장룡이 개발해 천하에 뿌린 무병진(武兵陣)으로 인해 집단전이 일상화돼 있었다.

그 결과 각 문파는 병단(兵端)이라 불리는 전투 집단을 상비하게 된다.

타 세력과 이권을 놓고 갈등이 생기면 제천사의 주관 아래 집단전이 벌어진다.

각 세력 간 대립은 제천맹의 이름으로 안전히 관리된다.

이것이 묵시천존을 등에 업고 천하를 손에 넣은 제천맹

의 설계자, 신장룡이 그린 그림이었다.

청천은 이런 제천맹 천하를 협과 낭만이 사라진, 숨 막히는 무간지옥이라 규정했다.

순수하게 무를 추구하는 무인에게 있어 이는 굉장히 중요한 문제였다.

그들은 제천맹이 이룩한 태평천하를 거짓 평화라 부르며 멸시했다.

'하지만 제천맹이 그렇게 만만한 조직이 아니거든.'

청천의 설립자들에게 제천맹 천하는 방벌해야 될 대상이지만 제천맹의 힘은 그야말로 막강하기 짝이 없다.

이름만 들어도 소름이 쫙 끼치는 11인의 절대고수 묵시천존과 천간십존.

108명의 초절정고수 자운백팔대성.

제천맹을 이루는 근간인 여덟 개의 대세력 제천팔패까지.

제천맹은 무림 그 자체였다.

결국 청천은 암중으로 숨어들 수밖에 없었다.

제천맹의 그림자 속에서 암약하며 수십 년에 걸쳐 세력을 끌어모았다.

주로 과거 낭만강호 시대를 그리워하는, 강력한 무공을 지닌 비인부전의 일인전승 문파 계승자가 포섭 대상이다.

그들은 제천맹 방벌을 대의명분으로 내세우고 힘을 키우기 위해 수단과 방법을 가리지 않았다.

강력한 신공절학 비급과 영약, 신병이기가 등장하면 예외 없이 개입해 이를 수집했다.

청천의 움직임은 여기서 끝이 아니다.

제천맹 내부에도 은밀히 촉수를 뻗어 청천의 사상에 동조하는 자들을 심거나 하나둘 포섭해 나갔다.

'덕분에 청류무사는 일인전승 문파의 후계자로 시작하는 경우가 대부분이지.'

청천의 지원을 받아 급성장한 후 여러 임무를 수행해 공을 세우고 보상으로 자신의 무공을 보완하는 무공비급이나 영약을 얻어 점점 강해지는 흐름이다.

환신은 제천사를 제일 선호했지만 청류무사 역시 만만치 않게 좋아했다.

'청류무사의 매력은 역시 그거지. 무림의 암류로 활약하며 음모를 꾸미고 제천팔패로 대변되는 무림의 거대 세력을 하나둘 이간질해 천하대란을 일으켜 제천맹 천하를 하나둘 무너뜨리는 파멸의 미학.'

청천에 의해 갈기갈기 찢기는 제천맹과 숙적인 제천사.

그 모습을 지켜보고, 나아가 직접 참여하는 건 짜릿하기 그지없는 경험이다.

'……물론 그 순간에도 율약벽은 결코 꺾이지 않지만.'

그야말로 철혈의 여신!

그게 율약벽을 인기투표 1, 2위를 다투게 하는 요인이겠지.

청천의 행사는 철저히 점조직으로 이루어지는데 '13인회'로 통칭되는 청천 1호부터 13호까지 최상위 서열에 절대 복종하는 중앙집중제를 채택하고 있다.

기본적으로 청류무사는 모두 동등한 관계지만 제천맹 방벌이라는 대의를 이룰 때까지 전체의 동의하에 13인회에게 절대명령권을 위임한다.

'청류무사 모두 청천 1호가 설파하는 이념에 완전히 감화돼 '푸르고 맑은 하늘'을 되찾기 위해 자신의 목숨을 총알로 쓰는 데 망설임이 없지. 미친 테러리스트가 따로 없다니까.'

또한 청천은 그렇게 희생된 자들을 순교자로 신격화해 조직의 기강을 다지는 광신도 집단이었다.

'마도의 악마적 광기조차 청류무사의 이지적 광기에 비하면 별거 아니야.'

명분과 이념, 사상이 결합되면 이렇게 무섭다.

한마디로 '제천'의 메인 스토리는 제천맹 천하를 지키려는 제천사와 이를 무너뜨리려는 청류무사의 대립, 그 사이에서 고기 방패로 갈려 나가는 낭인의 애환이라 할 수 있겠다.

그렇게 암중에서 힘을 키운 청천이 처음으로 존재감을 선보이며 제천맹 방벌의 위대한 걸음을 시작하는데, 그게 바로 '신장룡 암살 미수 사건'이다.

청천은 신장룡 암살을 위해 13인회 바로 다음 서열인 청천 14호를 투입하는 초강수를 둔다.

그야말로 총력을 기울인 것이다.

하지만 13인회 역시 신장룡 암살 가능성을 낮게 봤다.

그래서 이중 작전을 기획한다.

제천팔패의 일익이자 제천내각과 가장 긴밀한 관계를 형성하고 있는 팔세영웅련의 중심 세력 남궁세가에 대한 테러.

남궁소소 암살이 그것이다.

'검제 남궁천의 남궁소소에 대한 지극한 사랑은 남직례에서 활동하는 두파도 알 정도로 소문이 파다하니까.'

그래서 청천의 암살 목표가 된다.

청천은 신장룡 암살 시도 와중에 일부 전력을 남궁소소 암살에 동원하고, 성공시킨다.

그 결과는?

사랑하는 딸의 주검을 앞에 두고 검제 남궁천은 극도로 분노한 나머지 완전히 미쳐 광검제(狂劍帝)로 영락한다.

남궁천은 청천의 의도대로 자기 파멸적인 전쟁을 시작하고 동맹 관계인 구파일방의 연합체 북천무맹과 사마외도 측 제천팔패 마천루, 사사천과의 전쟁이 촉발되는 그림이다.

'그렇게 강호는 천하대란의 소용돌이에 빠지고 제천의 진정한 이야기가 시작되지.'

환신이 남궁세가에 온 이유가 바로 이것이다.

향후 수많은 전개를 낳는 분기점.

그게 바로 이곳 남궁세가였으니까.

한 가지 더.

중요한 사실이 있었다.

'무려 99회차라고. 99회차 동안 단 한 번도 남궁소소가 살아남는 결말을 본 적이 없어.'

남궁소소는 귀엽고 깜찍한 외모와 발랄한 성격 덕분에 제천 팬덤에서 인기가 높았다.

특히 비극의 주인공으로 안타까움을 자아내며 골수팬을 양산한다.

당연히 남궁소소를 살리기 위해 수많은 플레이어가 도전했고 성공 사례는 알려진 바 없었다.

'남궁소소의 죽음은 '제천' 메인스토리의 시작을 알리는 신호탄이야. 절대 불변이라고.'

혹시 남궁소소의 죽음을 막는 게 업적도 100% 달성을 위한 열쇠가 아닐까?

……라고 생각하던 시절도 있었다.

그래서 남궁소소를 살리기 위해 무진 애를 쓰기도 했고.

하지만.

'전부 실패했지. 그래서 91회차부턴 아예 처음부터 포기해 버렸고.'

제천사, 청류무사.

어느 루트로 플레이하든 예외 없이 남궁소소는 참혹하게 살해당한다.

'이번엔…… 뭔가 다를까?'

극초반임에도 기린지재와 기연 수확을 통해 이미 절정의 벽을 넘은 지 오래.

'괴물 같은 초절정고수들이 난리 법석을 칠 테니 당연히 몸을 사려야겠지만…… 그래도 제법 활약할 수 있지 않을까?'

문득 이런 생각이 든다.

지금의 자신이라면…… 남궁소소를 살릴 수 있지 않을까?

제천사와 청류무사, 어느 쪽에도 속하지 않은 낭인인 지금이라면.

어쩌면…….

환신은 고개를 저었다.

'어림없는 소리지. 그렇다고 신장룡이나 남궁세가에 청천의 공격을 알릴 수도 없고.'

아무 인맥 없는 일개 낭인이 적의 기습을 언급한다?

첩자로 몰려 죽도록 고문당해도 이상하지 않을 일이다.

실제로 플레이 중에 입을 잘못 놀려서 게임 오버 당한 경험도 수두룩했다.

하물며 지금은 현실이다.

그런 위험을 감수할 수 없었다.

절대로.

'……모르겠다. 일단 제천맹 쪽을 도와서 적당히 공을 세워야지.'

혼란스러운 와중에 공을 세워 인연을 쌓는 것.

초반엔 역시 제천맹 쪽에 줄을 서는, 메인스트림을 타는 게 유리하다는 냉철한 계산이다.

'그래. 나 따위가 뭐라고. 괜히 나댈 필요 없지. 그러다 죽으면 큰일이야.'

문득 왕힐의 말이 떠올랐다.

-타인의 피보다 자신의 피를 아껴라!

'……내 선택은 틀리지 않았어.'

그렇게 생각할 때였다.

한창 흑익신화포와 놀고 있던 남궁소소가 환신을 보며 말했다.

"신 오라버니! 이 아이가 오라버니에게 말 좀 전해달래요!"

"어? 뭐라고?"

전포 주제에 말을 전해달라는 건 뭔 소리지?

"자기 세탁 좀 자주 해달래요. 깔끔한 성격이라고."

"에?"

도검불침, 수화불침의 천잠보의 주제에 뭐라고?

대충 먼지만 털어도 항상 빤질빤질한데?

"그리고 세탁한 후엔 향유 좀 뿌려달라는데요?"

"뭐? 진짜?!"

이 천 쪼가리가 미쳤나?

'아니, 그전에 천잠보의가 미칠 수도 있는 거야?'

어안이 벙벙한 환신의 얼굴을 본 남궁소소가 귀엽게 혓바닥을 내밀며 말했다.

"당연히 농담이죠! 설마 그걸 믿은 건 아니죠? 히힛!"

"아."

남궁소소가 살짝 미소 지으며 흑익신화포를 쓰다듬었다.

-끼르르.

"이 아이, 그렇게 까다롭지 않아요. 그저 무언가를 막고, 감싸는 걸 숙명으로 생각하는 아이죠. 이 아이, 신 오라버니를 좋아해요. 그러니 아껴주세요."

"……응."

"히힛, 고마워요. 그런데 신 오라버니. 혹시 좋아하는 음식이랑 색깔 좀 알 수 있을까요?"

"그건 왜?"

"그냥 알고 싶은데요. 안 돼요?"

반짝반짝 빛나는 남궁소소의 눈.

'……완전 존잘 남돌 영접한 여덕 눈빛일세.'

그때였다.

"공녀님. 이만 가실 시간입니다."

호위대장의 말에 남궁소소는 시무룩한 얼굴로 고개를 끄덕이고 설랑의 등에 올라탔다.

"……알겠어요. 신 오라버니! 저 이만 갈 게요! 나중에 또 봐요! 꼭이요!"

그렇게 남궁소소는 창궁무사들에게 이끌려 계단 아래로 내려갔다.

마지막의 마지막까지 환하게 웃으며 손을 흔드는 작은 체구의 남궁소소.

환신은 후회했다.

다시 보자는 남궁소소에게 고개조차 끄덕여 주지 못한 것을 말이다.

동방척이 환신을 보며 말했다.

"참으로 사랑스러운 아이가 아니냐. 허허헛!"

"……그렇네요."

창궁무사의 호위를 받으며 객잔 아래 대로를 따라 남궁세가 장원 쪽으로 향하는 남궁소소의 뒷모습을 보며 생각했다.

'오직 나만이 남궁소소의 죽음을 알고 있다.'

저 천진난만한 소녀의 죽음 앞에 자신은 대체 어찌 해야 될까?

환신은 깊은 무력감에 빠져들었다.

남궁세가 대장원 북쪽에 위치한 남궁세가 소유 부두.

그곳에 일단의 인물들이 도열해 있었다.

누군가를 마중하는 모양새다.

부두 곳곳에 남궁세가 무사들이 배치돼 경계 태세를 유지했다.

그때.

창궁무사 십여 명의 호위를 받고 있는, 붉은 비단 무복에 금검을 찬 남자가 중얼거렸다.

"온다."

남궁세가의 소가주.

일대검룡 남궁옥이었다.

그는 저 멀리 부두로 다가오는 거대한 배를 응시하고 있었다.

검은 돛에 흰 글씨로 '제천'이라 쓰인 흑선이었다.

흑선은 천천히 부두에 접근했다.

배가 부두에 완전히 밀착하자 배다리가 내려오고.

화려한 무복의 제천무사가 우르르 내려와 질서정연하게 섰다.

그런 제천무사 사이로 유독 눈에 띄는 차림을 한 자들이 있었다.

기이한 문양이 그려진 긴 관을 쓰고 금색 견갑과 가슴에 호심경과 함께 은실로 '제천'이란 글자가 수놓인 전포를 두른 자들.

강호에서 공포의 상징으로 군림하는 제천사 집법사자들이었다.

"집법사자에게 자리를 내드려라."

"존명!"

남궁옥의 명에 남궁세가 무사들이 공간을 만들었다.

이 역시 소가주의 명을 충실히 따르는 것일 뿐.

제천무사를 상대로 기세에서 조금도 밀리지 않는 것이 과연 의기천추 남궁세가의 무인다웠다.

그때.

배다리를 따라 누군가 천천히 걸어 내려왔다.

와룡관을 쓰고 푸른 학창의를 걸친 선풍도골의 백발 노학사였는데 위엄과 기품이 실로 대단했다.

헌데 특이한 점이 하나 있었다.

눈썹과 관자놀이 모두 흑색이다.

백발흑미라니.

기이한 외모다.

노학사는 창룡이 그려진 섭선을 부치며 천천히 걸음을 내디뎠다.

이 노학사야말로 당금 강호의 거물 중 거물.

제천맹의 설계자.

신장룡 맹하후였다.

그런 맹하후를 옆에서 부축하는 이가 있었다.

관자놀이의 희끗한 백발과 좌청우흑의 기묘한 눈동자를 지닌 소년이었다.

"허허. 여덟이나 되는 제자 중 노부를 이리 챙기는 건 효, 너뿐이구나."

"아닙니다, 스승님."

부두에 발을 내디디자 집법사자 십여 명이 휘하의 제천무사를 이끌고 맹하후를 철통같이 호위했다.

남궁옥이 한쪽 무릎을 꿇고 신장룡을 향해 포권하며 크게 소리쳤다.

"소인 남궁옥이 제천대승상 합하를 뵈옵니다!"

-……뵈옵니다! 뵈옵니다! 뵈옵니다!

육합전성의 묘리를 실렸는지 음성이 부두 전체를 맴돌며 사방으로 울려 퍼졌다.

그러자 창궁무사, 나아가 남궁세가 무사 전원 무릎을 꿇고 외쳤다.

"합하를 뵈옵니다!"

천하제일세가.

남궁세가 소가주가 보이는 철저한 굴종.

이것이 당금 강호에서 제천맹이 지닌 위상이었다.

맹하후는 수염을 쓰다듬으며 너털웃음을 터뜨렸다.

"허허허. 되었다. 그만 일어나거라."

"감읍합니다!"

남궁옥이 자리에서 일어나자 맹하후가 의아한 얼굴로 말했다.

"천은 어찌 오지 않는가. 상주로서 자리를 지키고 있는 것이냐?"

그 말에 남궁옥의 얼굴이 굳어졌다.

"……가주께서 한 조각 깨달음을 얻으시고 폐관에 드신 지 벌써 반년째입니다."

"뭐라?"

검제 남궁천과 같은 위대한 무인에게 경지를 높일 수 있는 깨달음의 가치란 감히 측정조차 불가능하다.

허나 깨달음이란 손에 쥔 모래알과 같아서 부드러운 바람에도 언제든 홀연히 사라진다.

따라서 깨달음을 수습하기 위해 폐관하는 건 무인으로서 지극히 당연한 일이다.

또한 문파의 주력 고수가 폐관에 드는 건 기밀 중의 기밀.

맹하후가 알지 못하는 것도 이상한 일은 아니었다.

남궁옥은 슬픈 얼굴로 말을 이었다.

"가주께선…… 폐관에 드시는 걸 계속 망설이셨습니다. 조모님의 건강이 급격히 악화됐기 때문입니다. 조모님께선 그런 가주를 불러 크게 꾸지람하셨습니다. 고작 어미의 몸이 안 좋다고 사내대장부가 크게 진일보할 기회를 놓쳐선 안 된다고…… 그리 말씀하셨습니다. 그래서 가주께선 신의 봉침구명을 모셔와 조모의 치료를 맡기셨습니다. 당신께서 폐관을 마치고 다시 조모를 뵐 수 있도록. 하지만 조모께선 결국…… 버티지 못하셨습니다."

맹하후는 지그시 눈을 감았다.

그리고 눈을 떴다.

애써 저 멀리 하늘을 응시하며 말했다.

"혜매는 그런 여인이지."

맹하후는 담담히 말을 이어나갔다.

"노부와 혜매는 젊은 시절 성별을 초월한 친우로서 함께 천하를 주유하고 우정을 쌓아나갔다. 혜매의 강단은 당대 호걸들보다 더하면 더했지 못하지 않았느니라. 그녀의 가문 역사에서도 손에 꼽는 여걸이었지."

문득 머릿속에 꽃같이 아름다운 한 여인의 모습이 스쳐 지나갔다.

제천맹을 건설한 대역사조차 그녀와 친우가 된 것만 못했다.

그만큼 큰 기쁨이었다.

그런 그녀가…… 죽었다.

"혜매가 보고 싶구나. 노부를 혜매에게 안내하거라."

"예! 합하!"

맹하후는 남궁옥을 보며 빙그레 웃었다.

"허허. 노부와 혜매는 지음(知音)이니라. 혜매의 조손은 노부의 조손과 같지. 허니 편하게 맹 노야라 부르거라."

"……알겠습니다, 맹 노야."

"허허허. 그래그래."

그때.

대선에서 무언가 떨어져 내렸다.

-휘리릭!

거대한 가마였다.

남궁옥이 타고 온 팔두마차에 비해 크면 컸지 절대 작지 않은 크기.

거대한 가마는 오장(약 16m) 높이에서 떨어졌지만 일체의 소음도 없었다.

당연했다.

가마를 짊어진 적청녹황(赤青綠黃) 네 가지 색 무복을 입은 장대한 체구의 근육질 사내들이 절정의 보신경으로 깃털처럼 부두에 내려앉았기 때문이다.

'……풍림화산(風林火山)!'

맹하후의 하인을 자처하는 네 명의 고수로, 그의 가마를 지는 걸 극고의 명예로 생각하는 자들이었다.

세간엔 절정고수로 알려져 있었다.

절정의 경지에 오른 무인의 자부심은 실로 드높다.

헌데 하인을 자처하며 가마를 어깨에 지다니.

과연 일인지하 만인지상의 위치에 있는 제천대승상다운 위엄이었다.

"남궁세가의 옥이라 했느냐. 옥아. 노부와 함께 가마에 타자꾸나."

"……영광입니다."

모두 가마에 올랐다.

풍림화산은 가마를 지고 보신경을 펼쳐 날 듯이 전면으로 쏘아졌다.

"가자!"

"존명!"

가마 주위를 집법사자와 제천무사가 따라 그림자처럼 따라붙었다.

남궁세가 무사 역시 그 뒤를 따랐다.

수백에 달하는 무공 고수가 가마를 중심으로 쏜살같이 내달리는 모습.

장관이 따로 없었다.

가마 위에서 남궁옥이 맹하후에게 물었다.

"맹 노야. 옆에 있는 소협께선 누구인지……."

8장
두 개의 의뢰

"아아. 이 아이는 노부의 막내 제자인 을지효라고 한다. 과거 요동을 방문했을 때 사제지연을 맺었지. 효야."

"예. 소인 을지효, 남궁세가 소가주께 인사 올립니다."

을지효가 포권하며 말하자 남궁옥 역시 마주 포권했다.

"남궁옥이오. 만나 뵙게 되어 반갑소."

"소인 역시 일대검룡 남궁옥 소협을 만나게 되어 영광입니다."

고개를 끄덕인 남궁옥이 맹하후를 보며 말했다.

"혹시…… 을지 소협께서 소문만 무성한 그 신룡팔준의 일인입니까?"

"허허, 그렇다. 노부가 친히 중금오란 별호를 내려주었느니라. 작금의 태평천하를 이어가기 위해서라도 젊은이들끼리 서로 교류하는 것이 좋겠지."

"그리하겠습니다."

남궁옥은 뜨거운 눈으로 을지효를 응시했다.

을지효는 고고한 자세로 전면을 볼 뿐이었다.

맹하후는 수염을 쓰다듬으며 그 모습을 지켜보았다.

'옥아는 남궁세가의 소가주. 훗날 효가 일신을 의탁하기 부족함 없는 신분이렷다.'

심지어 당대 최고의 후기지수 집단인 비천십이룡의 일원.

맹하후는 강호의 미래를 책임질 영걸들이 좋은 관계를 맺었으면 하는 바람이었다.

'……흠, 효는 옥아에게 별로 관심 없어 보이는구나. 별 수 없지. 젊은이들이 알아서 풀어갈 문제이니 말이야.'

신장룡의 행렬은 빠르게 첨현의 대로를 지나 남궁세가 장원에 도착했다.

남궁세가 장원 정문에 수백의 인파가 모여 있었다.

푸른 무복에 어깨에 철제 견갑, 팔뚝엔 철을 덧댄 가죽 투수(套袖-건틀렛), 가슴엔 만년한철 합금으로 제작한 호심갑을 착용한 이들이었다.

남궁세가의 최정예.

창궁병단 일부가 완전무장한 채 사열에 나섰다.

기수 두 명이 철제 군기를 들고 있었는데 각각 제천맹을 상징하는 불꽃을 형상화한 제천무적기, 독수리 형태의 창궁병단기였다.

창궁병단은 신장룡 행렬이 모습을 드러내자 기해혈의 공력을 극한으로 끌어올리고 크게 외쳤다.

-의기천추 제천영세! 제천대승상 합하를 영접하나이다!

남궁세가 장원의 튼튼한 벽이 진동했다.

청석을 깔아놓은 대로 역시 흔들렸다.

과연 천하에 명성이 자자한 창궁병단다운 위용이었다.

"허허. 창궁병단 조련이 아주 잘 됐군. 만족스럽구나."

"부끄럽습니다."

현 강호의 거대 문파는 예외 없이 병단을 보유하고 있었다.

묵시천존 암살 미수 사건으로 촉발된 황실과의 대립으로 무림은 100만 친위 황군과 충돌한다.

친위 황군은 무림을 말살할 기세로 밀어붙였다.

황군 특유의 전술과 숫자, 조직력에 힘입은 맹렬한 공세는 대전 초기 무림 측에 큰 피해를 입힌다.

이때 친위 황군과의 집단전에 대응하기 위해 맹하후가 고대의 진법을 응용한 무병진을 창안하게 되니.

각 문파 비전 내가기공과 손쉽게 융합되는 극한의 범용성을 지닌 무병진의 등장으로 전황은 급반전한다.

이후 친위 황군이 격파되고 제천맹 천하가 열리자 일대일 일검쟁투 대신 다대다 집단전이 만연하게 된다.

문파의 존속을 위해 어쩔 수 없는 선택이었다.

창궁병단은 남궁세가가 생존을 위해 몸부림친 결실이다.

맹하후가 창궁병단의 위용을 보며 고개를 끄덕였다.

"노부는 살육을 지양하고 경쟁을 사랑하느니라. 당금 천하는 제천맹에 의해 통제되는 태평성대이니. 허나 방심해선 안 된다. 언제 무능한 황실과 외세가 발호하고, 제천맹 천하를 무너뜨리려는 암중 세력이 등장할지 모르는 일이니 말이다. 지난 수십 년간 그런 시도가 몇 번이나 있었느니라."

"실로 그러합니다."

"남궁세가는 제천맹을 이루는 중요한 축이고 제천내각과 오랜 동맹 관계이니라. 그 사실을 절대 잊지 말거라."

"명심하겠습니다, 맹 노야!"

맹하후는 웃으며 남궁옥의 어깨를 두드려 주었다.

신장룡 행렬은 정문을 지나 광대한 외원을 통과해 내원으로 진입했다.

기암괴석과 기화요초로 완벽히 조경된 아름다운 정원이 일품인 내원을 가로질러 행렬이 도착한 곳은 고즈넉한 아름다운 누각이었다.

"이곳입니다."

고개를 끄덕인 맹하후는 손가락으로 가마를 툭툭 쳤다.

그러자 풍림화산이 가마를 바닥에 내려놓았다.

가마에서 내린 맹하후는 남궁옥의 안내를 받아 누각에

들어섰다.

누각 내부는 그윽한 향 내음으로 가득했다.

그 중심에 거대한 청동 향로가 놓여 있었다.

청동 향로 뒤쪽에 비단과 꽃, 금붙이 등으로 장식된 관이 놓여 있다.

맹하후는 관 쪽으로 다가갔다.

그리고 안을 보았다.

소름 돋을 정도로 아름다운, 살짝 날카로운 인상의 중년 미부가 그곳에 있었다.

당장에라도 눈을 뜰 것만 같은, 생생하기 그지없는 모습이다.

중년 미부를 보고 물에 넣은 먹마냥 맹하후의 입가에 미소가 번졌다.

"함께 옥화산을 유람하다 발견한 주안과를 혜매에게 양보하길 참 잘했어. 노부는 이런 쭈그렁 늙은이가 되었건만 혜매는 여전히 곱구려. 정말…… 잘했어."

관에 누워 있는 중년 미부가 바로 노대부인.

수십 년 전 당대 천하제일미로 이름 높던 천수독화(千手毒花) 당문혜였다.

맹하후는 손을 뻗어 노대부인 당문혜의 손을 잡았다.

시리도록 차가웠다.

그는 넋두리라도 하는 것처럼 입을 열었다.

"같은 시대를 산 친우들 사이에서 혜매는 영원한 동경의 대상이었지."

맹하후의 손에 힘이 들어갔다.

"헌데…… 어찌 이리 빨리 떠난단 말인가."

-뚝. 뚝.

천하를 호령하는 당대 최고 권력자의 눈에서 눈물이 흘러내렸다.

집법사자와 제천무사는 물론이고 을지효와 남궁옥, 남궁세가 무사들 모두 조용히 몸을 돌렸다.

거인의 눈물을 마주하는 무례를 저지르지 않기 위함이었다.

"노부가 평생 살면서 가장 기쁜 일은 혜매와 친우가 된 것이고, 가장 후회하는 일은 남궁무기 그 친구에게 혜매를 빼앗긴 것이야. 덕분에 노부는 혼인도 하지 않고 자식도 보지 않았으며 그저 제천맹이라는 애물단지를 어르고 달래다 이렇게 나이만 먹었지. 모두 혜매 때문이야."

그는 투정하듯 말했다.

"하지만 덕분에 천존과 함께 천하를 평정할 거대한 야망을 품고 기어코 대업을 이루어냈으니 이 또한 혜매 덕분 아니겠는가. 또 제자를 키우는 즐거움 역시 크니 후회는 없다네. 혜매, 고마우이."

맹하후는 옆으로 손을 내밀었다.

을지효가 들꽃 한 다발을 건넸다.

"우리 처음 만난 어린 시절 노부가 손수 엮어 혜매에게 주었던 들꽃이지. 노부를 잊지 말라고 주는 거야."

그는 들꽃 다발을 당문혜의 품에 안겨주었다.

맹하후는 청동 향로로 가 앞에 놓인 지전에 불을 붙였다.

다시 당문혜에게 다가와 말했다.

"노부 역시 기운이 많이 쇠했어. 곧 혜매를 따라가겠지. 그곳에선…… 결코 혜매를 무기 그 친구에게 빼앗기지 않을 것이야."

그 말을 끝으로 맹하후는 몸을 돌렸다.

"효. 가자."

"예, 스승님."

누각을 나서자 남궁옥이 다가와 말했다.

"맹 노야. 대전에 연회가 마련돼 있습니다."

그 말에 맹하후는 고개를 저었다.

"괜찮다. 곧장 반산으로 돌아가겠다."

"하오나……."

맹하후는 힐끔 남궁옥 쪽으로 시선을 돌렸다.

흑미 노인의 눈동자에 남궁옥은 흠칫 몸을 떨었다.

심유한 지혜와 철혈의 의지를 지닌 거인이 그곳에 있었다.

그가 천천히 입을 열었다.

"노부가 하루를 쉬면 천하는 열흘 멈춘다. 혜매가 아니었으면 반산을 떠나는 일 따위 없었으리라. 그러니 서둘러 돌아가 천하 통치에 힘써야 한다. 그것이 이 땅의 수많은 민초를 평안케 하는 길이니라."

좌중 모두 제천맹 천하의 정점에 군림하는 천하인(天下人) 신장룡 맹하후의 위엄을 실감했다.

"……알겠습니다."

"언제고 반산을 방문하거라. 총단은 천하를 경영하는 곳이니 이곳에서 몇 년 정도 경험을 쌓는 것도 네 미래를 위해 좋은 일일 것이다."

"진지하게 고려하겠습니다."

"그리하거라."

누각을 나와 맹하후와 을지효가 가마에 오르자 남궁옥 역시 그들을 따르려 했다.

그런 남궁옥을 맹하후가 제지했다.

"상주인 천이 폐관 중이니 옥이 네가 상주다. 상주가 조문객 때문에 자꾸 자리를 비우는 건 조문객 입장에서도 민망한 일이니 이제 자리를 지키거라."

남궁옥이 계속 망설이자 맹하후가 웃으며 말했다.

"이러면 어떠냐. 제천대승상으로서 내리는 명이니라."

"……따르겠습니다."

맹하후는 고개를 끄덕인 후 을지효와 함께 가마에 올랐다.

가마 행렬은 남궁세가 무사들의 안내를 받아 쏜살같이

장원을 가로질렀다.

맹하후가 을지효를 보며 말했다.

"자렴에게 들었느니라. 너희 여덟 모두 주군을 찾아 나섰다고."

"예."

"네가 도발해 촉발된 일이고?"

"마음에 안 드십니까?"

"전혀."

맹하후가 사납게 웃으며 이빨을 드러냈다.

육식동물을 연상시키는, 잔인한 미소였다.

남궁옥 앞에선 자애로운 노인.

당문혜의 관을 앞에 두고선 첫사랑의 죽음을 안타까워하는 남자의 모습이었다.

허나 이 모든 것은 신장룡 맹하후라는 거인이 지닌 수많은 가면 중 극히 일부에 지나지 않는다.

수만 명의 목숨이 들꽃처럼 짓밟힐 결정을 서슴지 않으며 거기에 대한 모든 결과를 정면으로 마주하는 철혈의 재상.

그것이 바로 신장룡 맹하후란 남자의 진짜 모습이었다.

"무인이란 족속은 주기적으로 피를 보지 않고선 살지 못한다. 이를 위해 노부는 다양한 방도를 동원해 지엽적인 분쟁을 조장하였느니라. 이는 모두 제천맹 천하를 유지해 천하를 평안케 하고 민초들의 삶을 안정시키려 함이니."

그는 안색을 굳히며 말했다.

"천존께서 천지혈에 드신 후 십여 성상. 당금 강호는 터지기 일보 직전의 벽력탄과 같은 형국이니라. 너희 사형제는 필연적으로 현 무림 정세에 깊이 관여할 것이며 이는 노부가 기대한 바다. 효야. 당대의 영걸에게 일신을 의탁하거라. 그리고 과거 춘추전국시대 종횡가가 그랬던 것처럼 사형제들과 끊임없이 영웅들의 이익을 조율하거라. 그리하여 쓸데없는 분쟁을 줄이거라."

"스승님의 큰 뜻을 저버리고 무리한 일을 벌이면 어찌 됩니까?"

을지효의 물음에 맹하후가 웃으며 답했다.

"간단하다. 율무극 그 친구의 방문을 받게 될 것이다."

천간십존 신검황 율무극!

천존의 뜻에 따라 맹하후의 칼을 자처하는 천망경의 초월자가 언급되자 을지효는 무겁게 고개를 끄덕였다.

맹하후는 가볍게 한숨을 내쉬었다.

"천존과 십존의 위세를 빌어 제천맹 천하를 열었으나 화무십일홍이라. 모든 건 언제나 끝이 있는 법. 분열하려는 천하를 잡아 묶는 건 결코 쉽지 않은 일이다."

"스승님."

"효야. 사형제들과 함께 부디 이 늙은이를 도와다오."

"……제 뜻과 어긋나지 않는 선에서 그리하겠습니다."

을지효의 말에 맹하후는 빙그레 웃음 지었다.

"그거면 되었느니라. 허나 노부의 말에 너무 얽매일 필요 없다. 효야. 드넓은 강호에 스스로의 날개를 활짝 펼치거라."

"……감사합니다. 스승님."

그렇게 대화를 마무리 지을 때였다.

-콰아앙!

엄청난 굉음에 사위가 진동한다.

맹하후와 을지효의 표정이 일순 굳어졌다.

그때 행렬 전방을 지키던 집법사자가 크게 소리쳤다.

"습격이다!"

"……슬슬 시간인데."

"주군. 왜 그러십니까?"

"어. 별거 아니야."

초조하게 배정된 객실 밖을 서성일 때였다.

-콰아아아앙!

순간 폭음이 들린 방향으로 시선을 돌렸다.

'시작됐구나!'

환신은 광동삼살을 보며 외쳤다.

"가자!"

"예! 주군!"

묻지도 따지지도 않고 즉답하는 광동삼살 삼형제의 모습이 그렇게 든든할 수 없었다.

환신과 광동삼살은 곧장 폭음이 들린 곳을 향해 질주했다.

같이 있던 두파 역시 황급히 뒤를 쫓았다.

"이보게, 환 형제! 추씨 형제들! 같이 가세!"

일행 모두 외원 정문 쪽으로 달려갔다.

-챙! 캉! 채채챙! 채챙!

전장에서 잔뼈가 굵은 낭인답게 단박에 병장기 부딪히는 소리를 감지해 냈다.

정문에 도착하자 일행이 목격한 것은 문을 나가려는 자와 나가지 못하게 막고 있는 자들 간의 혈투였다.

암행복을 입은 복면인들이 무기를 휘둘러 정문을 나서려는 자들에게 병기를 휘둘렀다.

찐득한 혈선이 불규칙하게 허공을 긋는다.

-좌아아악!

"크으으윽!"

한 무인의 팔뚝이 혈선에 베였다.

-치이이익!

병기가 스치고 지나간 자리에서 검은 연기가 피어올랐다.

그 광경을 보고 두파가 경악해 외쳤다.

"마공(魔功)!

이걸로 끝이 아니었다.

혈선에 스친 상처가 썩어 문드러지기 시작한 것이다.

일반적인 무인이 내가기공을 갈고닦아 경력을 발출하는 것과 전혀 다른 차원의 공부.

인륜을 거스르는 역천의 대법으로 연공한 마공은 그 위력이 실로 무섭고 독랄하며 파괴적이다.

복면인과 혈투를 벌이던 무인이 분통을 터뜨렸다.

"젠장! 담장에 설치된 진법만 아니었으면!"

남궁세가는 과거 제갈세가에 큰 대가를 치르고 남궁세가 곳곳에 강력한 진법을 설치했다.

외원은 내원만 못했지만 그래도 평범한 무인이 함부로 드나들 수 있을 정도로 만만한 기문진이 아니다.

당연히 밖으로 나가려면 복면인들이 지키고 있는 정문을 통과해야만 했다.

그때.

복면인 일부가 환신 일행을 발견했다.

곧장 십여 명의 복면인이 환신 쪽으로 보신경을 펼치며 빠르게 나가왔다.

마기를 줄기줄기 흘리는데 기세가 상당한 게 전원 일류고수로 보였다.

마도는 정도에 비해 일류고수 비율이 압도적으로 높다.

속성으로 연공할 수 있는 마공의 특징 때문이다.

허나 주화입마의 위험이 매우 커서 마공을 익히다 절명하는 경우도 흔했다.

때문에 절정고수 전력은 정도에 비해 밀렸다.

하지만 마도는 신경도 쓰지 않는다.

죽으면 또 길에 떠도는 거지를 잡아다 마공에 입문시키면 그만이다.

마도고수는 피 웅덩이에서 탄생하는 법이니까.

잔혹한 숙명이었다.

가장 먼저 달려온 복면인이 득달같이 도를 휘둘렀다.

"으윽!"

두파는 공격을 가까스로 피했다.

괄괄한 성질답게 즉각 분노를 폭발시켰다.

"이놈이?! 감히 나 귀호도 두파를 건드려?!"

두파는 곧장 거치도를 뽑아 쌍마기를 발현했다.

붉은 도기가 모습을 드러냈다.

도기를 뿌리며 겁라도법상의 초식을 펼쳤다.

톱날 형태의 붉은 검기가 전면에서 달려오던 복면인의 가슴을 헤집고 지나갔다.

절정고수의 검기였다.

기공으로 일부 상쇄했으나 일류의 경지로 당해낼 리 만무하지.

하물며 급습이다.

회피조차 못 하고 마치 육식동물이 날카로운 이빨로 파헤친 것처럼 흉부가 헤집어졌다.

허나.

복면인의 입에서 신음성조차 흘러나오지 않았다.

그저 바닥에 얼굴을 처박을 뿐이다.

절명한 것이다.

인성을 말살당한 마도인의 지독함이었다.

대응 역시 빨랐다.

한 명이 죽자 곧장 두파를 중심으로 진세를 갖췄다.

그들 주위로 자욱하게 마기가 퍼져 나갔다.

마기는 그 자체로도 엄청난 위협이다.

혈선이 기묘한 궤적을 그리며 그물망을 형성해 두파를 압박했다.

절정고수를 사냥한 경험이 풍부한지 철저히 연수 합격을 시도한다.

복잡하게 얽혀드는 혈선의 조합에 두파는 필사적으로 도기를 잔뜩 머금은 거치도를 휘둘렀다.

다수의 일류고수가 진세를 이뤄 공격해 들어옴에도 어떻게든 버텨냈다.

허나 복면인들의 공격은 독랄하기 짝이 없었다.

기괴한 초식으로 두파의 팔과 등, 다리의 요혈을 노렸다.

입체적인 공격에 두파는 화들짝 놀랐다.

"이이익!"

두파는 위와 아래로 연신 거치도를 휘두르며 동시에 전신을 반탄지기로 보호해 경력을 상쇄했다.

'끄으윽!'

마기가 끈적끈적하게 두파의 공력에 달라붙는다.

그러며 두파의 진기 운행을 방해했다.

이 역시 마공의 특징이다.

이런 특성 덕분에 마도 고수는 상대하기 극히 까다로웠다.

결국 두파는 겁라도법상의 절초를 뿌렸다.

"흐아앗!"

음경이 기척도 없이 한 복면인에게 파고든다.

코앞에 이르러서야 이를 감지한 복면인이 재빨리 왼팔을 내밀었다.

-푸확!

어깨부터 사정없이 잘려 나갔다.

절단면이 날카롭기 그지없는 것이 과연 남직례를 무대로 활약하는 귀호단의 단주 두파다운 실력이었다.

부상을 입은 복면인이 손가락으로 자신의 혈도를 짚으며 지혈하고 재빨리 뒤로 빠졌다.

그 자리를 또 다른 복면인이 메꿨다.

복면인들은 피를 보자 더욱 광기에 차서 맹렬히 공격했다.

두파는 손발이 어지러워졌다.

'빌어먹을! 돈 안 되는 싸움은 하지 않는 주인데!'

그는 고함을 빽 질렀다.

"환 형제! 추씨 형제들! 그리 보고만 있지 말고 좀 도와 주게!"

두파의 외침에 환신이 한 발짝 앞으로 걸음을 내디딜 때였다.

추룡이 제지하며 말했다.

"주군! 어찌 주군께서 마졸 따위를 상대하신단 말입니까!"

"큰형님 말 대롭니다! 여긴 저희들에게 맡겨주십쇼!"

환신은 붉게 달아오른 광동삼살 삼형제의 얼굴을 보고 대충 감을 잡았다.

'이 인간들. 새로 익힌 무공 써먹어보고 싶어서 아주 안달이 났구만.'

바로 이것이다!

그간 바라마지 않던…… 꿀 빠는 상황이!

망설임 없이 고개를 끄덕였다.

"좋다! 가서 실컷 놀다 와!"

"감사합니다! 주군!"

광동삼살 삼형제는 환신의 허락이 떨어지기 무섭게 두파와 복면인들이 혈전을 벌이는 현장 속으로 몸을 날렸다.

그들 모두 광기와 살의로 범벅된 눈빛과 함께 입가에 미소를 짓고 있었다.

투쟁심으로 가득한, 환의에 찬 미소였다.

"호야! 서야!"

추룡의 외침이 끝나기 무섭게 광동삼살 삼형제는 쐐기꼴 대형을 형성했다.

추행진이다.

고작 삼 인으로 구성된 추행진.

허나 백전을 치른 광동삼살이다.

누구도 압도적 거구의 삼형제를 얕잡아볼 수 없었다.

삼 인을 중심으로 붉고 푸른 기운이 피어올랐다.

수라마기였다.

삼형제는 동종 기공인 불괴수라마공을 익혀 공력을 전이하는 데 일절 막힘이 없었다.

아니, 오히려 수라마기가 공명해 위력이 점점 증폭됐다.

-두쿵! 두쿵!

추호와 추서가 격체전력의 묘리로 자신들의 진기를 추룡에게 밀어 넣었다.

-쿠오오오!

추룡의 박도에서 수라마기가 휘몰아쳤다.

절정고수의 그것처럼 유형화된 기운은 아니지만 그에 버금갈 정도로 극도로 압축된 진기 덩어리다.

추룡은 그 기운을 갈무리해 일점에 집중시켰다.

그와 함께 천지를 가를 기세로 박도를 내리쳤다.

천애무아도(天涯無我刀) 제1초, 대범천(大梵天)이었다.

신화 속 천부중의 일격을 연상시키는 일도였다.

회오리처럼 휘몰아치던 붉고 푸른 수라마기가 천애무아도의 진기 흐름에 따라 빙글빙글 회전하더니 일순 하나로 합쳐져 박도로 흡수됐다.

찰나지간 한 줄기 백색 성광이 갈지자 형태로 공간을 찢으며 작렬했다.

-스가가각!

극쾌의 대범천 일격에 복면인들은 회피조차 불가능했다.

박도가 육신을 훑고 지나가자 한 복면인의 몸이 쇄골부터 골반까지 그대로 잘려 나갔다.

"끄, 끄아아아아악!"

팔이 잘려도 신음성 한 번 내지 않은, 지독하기 짝이 없는 자들이다.

헌데 추룡의 일도에 당장 죽을 것처럼 비명을 터뜨렸다.

천애무아도가 지닌 파사(破邪)의 공능 때문이다.

몸통이 잘려 나간 복면인은 그대로 절명했다.

마도 고수의 질긴 생명력도 파사의 공능 앞에 아무 소용 없었다.

추룡은 천애무아도의 무시무시한 위력에 전율했다.

'주군이 내려주신 무공의 위력이 실로 대단하구나!'

꿈에 그리던 상승절학.
아니, 그보다 더한 절세무공이다.
평생 낭인으로 살며 무림의 바닥을 전전했다.
절세무공이란 꿈속의 꿈인 줄 알았다.
헌데 이런 기연을 얻게 될 줄이야!
상상도 못 했다.
추룡의 가슴 깊은 곳에서 환신에 대한 충성심이 불같이 솟구쳤다.
정확히 환신이 노린 대로였다.
한 번 퍼줄 때 먹고 죽을 기세로 퍼주는 전략의 승리랄까.
그건 다른 광동삼살 역시 마찬가지였다.
추호가 자신의 화극을 번개처럼 내질렀다.
천절추혼극(天絶追魂戟) 제1초 단천(斷天)이 작렬했다.
화극에서 빛살처럼 수라마기가 뿜어졌다.
수라마기의 파괴적인 경력을 온전히 실은 찌르기.
거기서 끝이 아니다.
화극에 달린 두 개의 월아(月牙)에서 은밀하기 짝이 없는 음경이 피어오른다.
포탄처럼 강렬한 일격이 복면인의 가슴을 꿰뚫고 음경이 양옆의 다른 복면인의 육체를 찢어놓았다.
"끄르륵!"
괴로움 가득 한 신음성.

이것이 천절추혼극의 무서움이다.

하늘을 가르고, 혼을 쫓는다!

중병기 특유의 무지막지한 강격과 날카로운 음경이 공존하는 막강한 위력.

두파의 겁라도법과 유사하지만 성능은 비교조차 되지 않는 절세무공이었다.

경지가 높아지면 월아에서 방출되는 음경의 개수와 위력, 초식의 복잡함 역시 기하급수적으로 늘어난다.

추호는 화극을 쭉 잡아당겼다.

월아의 날이 음경에 당한 복면인의 등에 꽂혔다.

추호의 팔뚝이 두 배로 부풀어 올랐다.

엄청난 힘에 복면인은 속절없이 끌려왔다.

"우하하핫!"

전율적인 찌르기가 복면인의 육체를 관통했다.

아니, 그 정도가 아니다.

추서의 철창이 허공으로 쭉 들렸다.

마치 작살에 꽂힌 물고기 같았다.

그 순간.

창에서 수라마기와 함께 가공할 경력이 방출됐다.

-콰라라라락!

궁기마창(窮奇魔槍) 제1초 풍혈(風血)이 발동이다.

산해경에 등장하는 사흉(四凶) 중 하나.

마수 궁기를 형상화한 무공인 궁기마창이 작렬하자 철창을 중심으로 거대한 마수가 발톱으로 갈기갈기 찢을 것만 같은 강렬한 용권풍이 불어닥쳤다.

팔, 다리는 물론이고 온몸의 뼈와 근육까지 그대로 찢겨져 나갔다.

-후두둑!

바닥에 복면인의 육체가 고기 조각이 되어 떨어졌다.

"크하하하핫! 죽어! 죽어엇!"

형제들 중 특히 잔인한 성품의 추서는 궁기마창과 그야말로 찰떡궁합이었다.

한 번의 돌격으로 광동삼살은 두파를 둘러싸고 있던 복면인들의 전열을 무너뜨려 버렸다.

곧장 난전이 시작됐다.

개싸움은 낭인들의 전매특허였다.

복면인들의 공격이 광동삼살에게 집중됐다.

허나 불괴수라마공 1단공을 달성한 이후 생채기 따위 무시했다.

설령 살이 찢겨도 신경조차 쓰지 않았다.

시간이 지나면 자연스럽게 수복됐으니까.

철갑으로 이루어진 전차와도 같은 위용이다.

마공 역시 수라마기에는 통하지 않았다.

모두 상쇄시켜 버린 것이다.

그야말로 가공할 신공절학이었다.

"크흐! 뒤질 뻔했네! 추씨 형제들! 고맙네! 내 이 빚은 언제고 꼭 갚도록 하지!"

"그러십쇼!"

"헌데 자네들이 사용하는 무공, 내가 알던 무공이 아닌데? 딱 봐도 상승절학이구만!"

"기연이 있었소!"

"이런 제길! 부럽군, 부러워!"

이런저런 이유로 여러 번 손발을 맞춘 광동삼살과 두파였다.

광동삼살의 기연에 두파는 배가 살살 아파왔다.

하지만 지금은 눈앞의 적을 쳐 죽이는 게 우선이다.

그들은 복면인들을 폭풍처럼 몰아붙였다.

정통 마공을 익힌 복면인들이 일개 낭인에게 학살당하는 순간이다.

일반적인 무인과 궤를 달리하는 전투의 프로.

그게 바로 낭인이었다.

"……와, 대박. 엄청 쎄네."

한 번 기세를 타자 낭인만의 장점이 발휘되기 시작했다.

환신은 입가에 빙그레 미소를 지었다.

"크으, 이거지! 이게 바로 꿀 빠는 거지!"

광동삼살에게 아낌없이 기연을 쑤셔 넣은 덕을 제대로

보고 있다.

아주 만족스러웠다.

"앞으로 편해지겠어, 흐흐흐."

바로 그때.

금색 견갑과 가슴엔 호심경을 착용하고 독특한 머리 장식을 한 복면인이 한 걸음 내디뎠다.

어기충소 신법으로 무릎조차 구부리지 않고 허공에 무려 3장(10m)이나 도약했다.

견갑 복면인에게서 강렬한 마기가 뿜어졌다.

순간.

붉은 장영이 사방을 뒤덮었다.

복면인들을 상대하고 있던 무인들은 뒤늦게 그 사실을 알고 크게 소리쳤다.

"피해!"

이미 늦었다.

손 그림자가 적중된 십여 명 모두 예외 없이 피를 토하고 쓰러졌다.

마기가 기혈을 타고 흐르며 손상시킨다.

서둘러 운기요상하지 않으면 내장이 썩어 문드러지겠지.

그 광경을 보고 누군가 경악해 외쳤다.

"마환장법! 염왕성이구나!"

제천팔패의 일익.

마도의 하늘 마천루(魔天樓) 산하 마도십문에 속하는 초거대 문파.

염왕성(閻王城)은 그 자체로 무림의 공포다.

또한 수십 년 전 벌어진 쟁투강호 시대 당시 남궁세가와 지독한 악연으로 묶여 있는 곳이기도 했다.

제천맹 천하를 살아감에도 불구하고 남궁세가를 급습해도 전혀 이상하지 않았다.

마도 아닌가.

광기로 가득한 자들이다.

제천맹 맹규를 어긴 대가를 치르는 건 차후의 문제다.

피를 본 이상 내재된 마성을 폭발시켜야 했다.

복면인은 무림인들 사이로 뛰어들어 양손으로 장법을 난사했다.

장력에서 유형의 기운이 넘실대는 게 한눈에 절정고수임을 알아볼 수 있었다.

초식의 신묘함 역시 드높기 그지없다.

그저 마공의 위력에 의존하는 다른 복면인들과 차원이 다른 실력자였다.

견갑 복면인의 등장은 전투의 판도를 바꿔놓았다.

무림인들이 전멸하면 광동삼살과 두파 역시 위험했다.

하지만.

견갑 복면인을 주시하는 이가 있었다.

환신이다.

개금비를 익힌 이래 한 가지 본능에 사로잡혔다.

'사냥 본능'이다.

과거 수렵 생활을 하던 무명인의 선조가 창안한 무공이라 그런가.

이름 없는 섬에서 수개월간 사냥으로 시간을 보냈기 때문인지도 모르지.

뭐가 됐든 저 복면인 역시 환신에게 있어 그저 사냥감에 불과했다.

양발에 불쑥 불꽃의 수레바퀴가 튀어나왔다.

일륜보 발동이다.

-콰르르르릉!

전차가 굴러가는 굉음과 함께 견갑 복면인 쪽으로 쏘아졌다.

환신이 뿌리는 어마어마한 기파에 견갑 복면인이 고개를 돌렸다.

의도대로다.

'어그로 제대로 끌렸네.'

어째서일까.

개금비를 익힌 후 처음 맞이하는 절정고수와의 생사결이다.

두파와의 낭인투와는 다르다.

하물며 상대는 마성으로 가득한 마도고수.

목숨을 걸어야 했다.

그럼에도.

조금도 두려움이 느껴지지 않는 건 어째서일까?

신기할 정도로 냉정했다.

어쩌면 무의 재능의 정점에 위치한 기린지재에 내재된 타고난 승부사 기질 때문인지도.

위협을 느낀 견갑 복면인이 보신경을 발휘해 환신 쪽으로 쇄도했다.

일정 거리 이상 접근하자 견갑 복면인이 손바닥을 내밀었다.

마환장법이었다.

강력한 마공에 환술의 묘리가 내포된, 실초와 허초가 뒤섞여 상대를 현혹시키는 마도의 상승 장법이 바로 마환장법이다.

핏빛 광채가 난무하고 회피 각을 빠르게 제거해 가며 환신을 위협해 들어왔다.

비로 그 순간.

태양신경총이 반동했다.

기린안과 융합하기 시작한 태양신경총은 머릿속에 마환장법의 초식과 투로를 다차원적 이미지로 완벽히 인식했다.

거기에 기린지재가 결합되자 마법 같은 일이 벌어졌다.

'……보인다.'

수천, 수만 번의 수련으로도 완전히 지우지 못한, 초식과 초식의 연속 동작인 투로의 빈틈.

과거 철심수사를 상대로 한순간 보였던 빛의 길.

그 길이 보였다.

일륜보가 뜨거운 기류를 뿌리며 직각 기동으로 빛을 따라 걸으며 견갑 복면인의 장력을 모조리 회피했다.

찰나의 순간.

환신은 견갑 복면인과 코가 닿을 지점까지 접근해 그의 눈을 응시했다.

'……개금비로도 초근접 박투의 스릴을 맛볼 수 있을 줄 몰랐네.'

생각이 끝나기도 전에 미끄러지듯 그 자리에서 벗어나 단숨에 거리를 벌렸다.

환신이 있던 자리에 다시금 장영이 난무했다.

동시에 흑영낭에서 화살촉을 꺼냈다.

즉발식 발동과 함께 주위로 태양을 연상케 찬란한 빛이 번쩍였다.

-키이이융!

견갑 복면인은 본능적으로 전방에 반탄지기를 펼치고 몸을 최대한 틀었다.

허나 그는 알지 못했다.

개금비는 그저 후발선제의 묘리로 일양지기를 머금은 화살촉을 발출하는 게 다가 아니라는 것을.

태양신경총의 초감각과 수렵 민족인 무명인의 선조가 수천 년의 시간 동안 가다듬은, 오직 목표를 맞히기 위해 고안된 무수한 점과 선의 조화.

그리하여 결코 회피할 수 없는 절대필중의 일발을 완성시키는 것.

그게 바로 개금비였다.

일양지기를 머금은 화살촉은 단숨에 기막을 관통하고 견갑 복면인의 왼쪽 쇄골을 꿰뚫어 버렸다.

어깨 부분이 완전히 녹아 손가락 세 개만 한 구멍이 생겼다.

거기서 끝이 아니다.

"우웨에에엑!"

시커먼 피를 토하는 견갑 복면인.

당연했다.

일양지기는 태양이 지닌 힘의 총화로 그 자체로 강대한 파마의 공능을 품고 있다.

마공을 익힌 마도 고수에게 이보다 치명적인 무공은 존재치 않았다.

견갑 복면인 역시 마찬가지였다.

허나.

역시 만만치 않다.
축 처져 방해되는 왼팔을 수도로 단숨에 잘라냈다.
동시에 혈도를 짚어 지혈하고 빠르게 전투태세를 갖췄다.
과연 마도 고수다운 독심이었다.
이래서 마도 고수를 상대하는 게 까다로운 것이다.
환신은 일륜보를 펼쳐 초상비 신법으로 살짝 부양한 채 지그재그로 움직이며 장력을 회피하고 다시 화살촉을 쏘아 보냈다.
이번엔 견갑 복면인의 옆구리를 스치고 지나갔다.
다시금 피를 토하는 견갑 복면인.
환신의 눈매가 가늘어졌다.
'분명 심장을 노렸는데 직격을 피했어.'
후발선제의 묘리를 지닌 개금비를 피하다니.
과연 절정고수다운 예리한 감각이다.
하지만 환신은 견갑 복면인의 밑바닥을 본 기분이었다.
'끝내자고.'
그림자에 손을 넣어 화살촉을 꺼냈다.
이번엔 두 개였다.
-번쩍!
-키이이융! 키융!
날카로운 소리와 함께 황금색 광채가 사방으로 산란하며 광자검기를 머금은 화살촉 두 개가 쏘아졌다.

찰나지간 견갑 복면인은 깨달았다.

자신을 향해 날아오는 두 줄기 빛.

하나는 직광의 묘리에 따라 심장을 노렸다.

또 하나의 빛은 태양신경총에 의한 미세 조정으로 목을 노리는 회선광 일격이다.

두 개의 빛이 회피 불가능한 각도로 날아왔다.

투사체의 숫자가 늘어날 때마다 회피 각을 반으로 잘라낸다.

두 개일 때보다 세 개일 때 더 위력적이겠지.

그래서 개금비가 무서운 것이다.

피할 길을 찾지 못한 견갑 복면인은 광자검기에 가슴과 목을 관통당했다.

가슴에 주먹만 한 구멍이 나고 목의 삼분지 이가 타버렸다.

상처를 중심으로 하얀 재가 떨어지며 견갑 복면인의 목이 바닥에 떨어져 데굴데굴 굴렀다.

환신은 이미 죽은 견갑 복면인 따위 더 이상 신경 쓰지 않고 몸을 돌려 복면인들에게 쏘아져 갔다.

-키이잉! 키유우웅!

화살촉이 사출될 때마다 복면인 한 명이 예외 없이 절명했다.

그걸로 끝.

광동삼살과 두파가 남은 복면인을 모두 죽이자 장내가 정리되었다.

승리였다.

추룡이 환신에게 다가와 말했다.

"주군. 어찌하시겠습니까? 얼떨결에 전투에 끼긴 했지만 우린 낭인입니다. 은을 받지 않고 싸울 순 없습니다."

환신은 고개를 끄덕였다.

추룡의 말대로였다.

무료 봉사는 있을 수 없는 일이다.

"여기서 더 이상 개입하지 말고 사태를 관망하는 게 나을 것 같습니다."

고개를 끄덕이려는데 두파가 대화에 끼어들었다.

"이보게, 추 형제. 그러지 말고 남궁세가를 돕는 건 어떤가?"

추룡이 인상을 찌푸렸다.

"두 단주. 우린 낭인이오. 의뢰 없이 움직일 수 없소."

그러자 두파가 입을 열었다.

"추 형제. 자네가 오랜 세월 불산엽가와 관계를 맺어온 것처럼 나 역시 남궁세가와 거래를 해왔다네. 신용 있는 거래 대상과는 일정 부분 사업상 조율이 가능한 법이지. 자네도 알지 않는가. 낭인에게 '고래'가 얼마나 중요한지."

고래는 낭인들 사이에 통용되는 은어로 장기적인 의뢰

를 주는 대형 고객을 의미한다.

추룡에겐 불산엽가가, 두파에겐 남궁세가가 그런 존재였다.

"으음……."

"나에게 이번 일은 큰 기회일세. 여기서 남궁세가를 도와 공을 세운다면 향후 귀호단은 남직례와 합비를 잇는 상행로에서 더 큰 기회를 얻을 수 있어. 그러니 도와주게. 이번에 도움을 주면 내 잊지 않고 꼭 보답하지."

역시나 낭인 중에서도 정치력 높은 두파다웠다.

'이런 협상에선 항상 두파가 나섰지. 자기 이익을 아주 살뜰하게 챙겨서 얄미워 죽을 거 같았다니까.'

약삭빠른 면 때문에 낭인을 고기 방패로 내몰아야 하는 입장에서 가끔 죽이고 싶었는데.

막상 낭인이 되고 보니 이게 또 그렇게 든든할 수 없었다.

"……난 잘 모르겠소. 주군께서 판단하실 것이오."

"환 형제. 어떤가? 나를 도와주겠는가?"

선택의 순간이다.

환신은 고개를 끄덕였다.

"도와드릴게요."

"오! 고맙네, 고마워!"

"대신 대가는 후하게 받아내야 합니다?"

"물론이지. 그건 내 전문일세."

"좋습니다. 하지만 그전에 가 볼 곳이 있어요. 한시가 급해요."

"뭐? 그게 어딘가."

"내원 쪽이요. 찾을 사람이 있어서요."

환신의 구명줄.

봉침구명 동방척을 찾아야 했다.

'재수 없게 죽어버리면 누가 태음칠절맥 치료해 줘?'

그럼 속절없이 죽을 수밖에 없다.

'화약사 단독으론 치료가 불가능하잖아. 여기선 동방척 그 늙은이 신병부터 확보해야 돼.'

철저히 자신의 이익에 따른 선택이었다.

"알겠네. 그럼 난 안면 있는 남직례 쪽 낭인들을 규합하지. 일이 마무리되는 대로 이쪽을 도우러 오게나."

"알겠습니다."

그 말을 끝으로 환신은 광동삼살을 이끌고 장내를 벗어났다.

그들이 향한 곳은 내원이었다.

동방척에게 자신이 내원에 머물고 있다는 사실을 들었기 때문이다.

'남궁소소 암살하려고 분명 내원 쪽도 습격했을 텐데.'

보신경을 전개해 달릴 때였다.

"……어?"

내원으로 향하는 길목 중 한 곳에 복면인들이 무기를 휘두르고 있었다.

복면인들을 상대하고 있는 건 백의를 입은 구명당 무인이다.

원진을 형성한 채 복면인들을 상대로 악착같이 버텼다.

그 중심에는 당연히 봉침구명 동방척이 있었다.

환신의 눈동자에 불똥이 튀었다.

'누가 감히 내 구명줄을 건드려! 지랄 맞은 고통과! 내 목숨을 위해! 다 죽여 버리겠어!'

강렬한 생존 본능 발동과 함께 태양속을 극성으로 전개해 득달같이 달려들었다.

안 그래도 빠른 즉발식이 평소의 두 배는 될 법한 속도로 뿌려졌다.

-키이잉! 키유우웅!

복면인 두 명이 광자검기에 관통당해 즉사했다.

동시에 복면인들이 환신과 광동삼살 삼형제의 존재를 알아차렸다.

"호야! 서야!"

추통의 외침과 함께 광동삼살이 육중한 전차처럼 밀고 들어갔다.

그들이 복면인과 육박전을 벌이는 빈틈을 노리고 광자검기가 파고든다.

완벽한 호흡이었다.

“이때다! 죽여!”

구명당 무인들까지 가세하자 복면인들은 순식간에 전멸했다.

환신이 발바닥에 불 난 것처럼 달려갔다.

“동방 의원님! 괜찮으세요오!”

애절한 외침을 듣고 동방척이 구명당 무사들 사이로 얼굴을 빼꼼 내밀었다.

“오오! 환신! 우리 대형 고객께서 오셨구만! 다행일세, 다행이야. 꼼짝없이 죽거나 잡혀가는 줄 알았어.”

“제가 있는 한 그건 있을 수 없는 일입니다!”

속으로 중얼거렸다.

‘태음칠절맥을 치료해 줄 때까진 말이죠.’

환신의 외침에 동방척은 수염을 쓰다듬으며 웃었다.

“허허. 그것참 다행이구먼.”

“그런 의미에서 치료비 좀 깎아주시죠.”

동방척의 표정이 바로 구겨졌다.

“뭣이?!”

“저 낭인이에요. 낭인 아시죠? 절대 공짜로 일해주지 않는 거.”

무림에서 낭인 돈 밝히는 거 모르는 사람 없다.

이쪽 방면에서 거성으로 군림하는 동방척은 더더욱 모

를 리 없지.

환신의 요구는 타당했다.

"……끄응. 알겠네. 노부는 계산이 아주 확실한 사람이야. 치료비 중에서 은원보 10개를 탕감해 주지."

"100개."

"……욕심부리지 말게. 20개로 해주지."

"100개."

"어허! 젊은 사람이 욕심이 이리도 많아서야! 50개로 하세!"

"100개."

"……어디 가서 자랑해도 좋네. 이 동방척의 주머니에서 은원보 70개를 털어간 건 아마도 자네가 처음일 게야."

"100개!"

동방척은 한숨을 내쉬었다.

"허어. 기어코 은원보 100개를 가져가야 속이 시원하겠는가?"

"은원보 9,900개 가져와야 될 사람한테 하실 말씀은 아닌 거 같은데요?"

"끄으으응! 좋아! 은원보 100개!"

"앗싸!"

금전 거래 하나만큼은 철저한 동방척의 약점을 노린 환신의 승리였다.

당연하게도.

'제천'에서 동방척과 수도 없이 거래해 본 환신이 이길 수밖에 없는 게임이었다.

'은원보 100개면 흑점에서 일류무공을 살 수 있는 금액이라고! 팔아도 그거 반은 나오고. 절대 포기 못 해!'

환신은 천연덕스럽게 입을 열었다.

"어디까지나 동방 의원님이 강호에서 차지하는 비중을 생각해 적정 몸값을 제시한 거라고요. 이럴 줄 알았으면 동방 의원님 체면 생각해서 1,000개쯤 제시할 걸 그랬어요."

"그럼 노부가 판을 깼겠지."

"그래서 100개를 제시한 거죠."

"……나이에 비해 아주 능숙해. 신기할 정도로 말이야."

"칭찬 감사합니다."

"아니. 괜찮네. 대형 고객이 이 정도로 이문에 밝으면 치료비 못 받을 일 없을 테니. 오히려 걱정을 덜었어."

"……."

이겼는데 진 거 같은 이 기분은 뭘까.

은원보 100개를 탕감받았지만 반쯤 노예 신세인 건 변함없었다.

동방척이 입을 열었다.

"그런 의미에서 노부가 의뢰 하나 하지."

"무슨 의뢰인가요?"

그의 눈동자에 한 가지 감정이 떠올랐다.

다름 아닌 걱정이었다.

"복면인들의 습격 때문에 함께 있던 소소와 떨어졌느니라. 방금 전 우릴 공격한 복면인은 일부에 불과하다. 소소를 쫓는 자들 중엔 절정고수도 포함돼 있다. 그러니 서둘러 소소를 구해다오."

"뭐라고요?"

"아, 한 가지 말해두는데 만약 소소가 죽으면 태음칠절맥 치료는 없느니라."

"예?!"

깜짝 놀란 환신이 분통을 터뜨렸다.

"그런 게 어딨어요!"

동방척이 차가운 눈으로 환신을 보며 말했다.

"다른 남궁세가 놈들은 죽든 말든 상관없다. 노부에게 환자란 은을 가져오면 치료해 주고 그렇지 않으면 죽게 내버려 두면 그만인 존재니까. 그건 네놈도 마찬가지다."

그의 눈에 살짝 물기가 어렸다.

"허나 소소는 다르다. 노부는 소소를 의손녀로 삼았느니라. 친인이나 다름없다. 그러니 소소가 죽게 내버려 둘 수 없다. 알겠느냐?"

동방척은 단언했다.

"소소를 멀쩡히 내 앞에 데려오지 못한다면 네 목숨 역시 장담할 수 없다."

"으으으!"

환신은 머리카락을 쥐어뜯었다.

'시발! 일찌감치 동방 늙은이 만난 거까진 좋은데 이건 아니잖아! 진짜 불지옥 난이도가 따로 없네!'

하지만 어쩌겠는가.

자신의 생명 줄을 틀어쥔 동방척이 갑 중의 갑인데.

"한시가 급하다. 어찌하겠느냐?"

선택을 강요하는 동방척.

물론.

답은 처음부터 정해져 있었다.

"……할게요. 대신! 조건이 있어요!"

"무엇이냐."

"소소 구해오면 의뢰 7개 중 두 개 해결한 걸로 쳐줘요!"

"뭣이?"

"손해 보는 장사 할 수 없잖아요! 이번 일에 제 목숨이 달렸다고요!"

시뻘겋게 충혈된 눈이 광기로 번들거리자 동방척이 깊은 한숨을 내쉬었다.

생각해 보니 눈앞의 잘생긴 애송이는 지 목숨 걸리면 언제든 마성을 폭발시킬 놈이었다.

"……알겠다. 받아들이마. 이 동방척을 이토록 후려친

놈은 정말로 네가 정말 처음이다."

"칭찬으로 받아들일게요."

환신은 깊은 한숨을 내쉬며 자리에서 일어났다.

그렇게 환신은 전 세계 '제천' 플레이어들이 실패했던 길을 걷게 되었다.

-슈슉! 슈슈슉!

십여 명의 창궁무사가 전력으로 보신경을 전개했다.

그들은 누군가를 둘러싸고 있었다.

사납게 으르렁거리며 빛살처럼 달리는 은색 늑대의 갈기를 꼭 붙잡고 있는 소녀.

남궁소소였다.

그런 남궁소소와 창궁무사 뒤를 쫓는 자들이 있었다.

금색 견갑과 호심갑을 착용한 복면인 세 명이 암행복을 입은 복면인 30여 명을 이끌고 마기를 풀풀 흘리며 쫓고 있던 것이다.

호위대장이 이를 갈며 외쳤나.

"공녀를 창궁각으로 모셔야 한다! 서둘러라!"

"존명!"

창궁각은 창궁병단의 주둔지로 항상 100여 명의 창궁무사가 상주하고 있었다.

그곳까지 가면 공녀의 안전은 보장된다.

그때였다.

견갑 복면인이 품에서 무언가를 꺼내 들었다.

공력을 주입해 곧장 던졌다.

-끼아아아악!

귀청을 찢을 듯한 귀곡성에 호위대장이 이를 갈았다.

"염왕표!"

염왕성의 염왕무사들이 사용하는 대표적인 암기, 염왕표(閻王鏢)였다.

작은 원반에 톱니 형태의 칼날이 붙어 있는 기이한 형태의 암기인 염왕표는 내부에 구멍이 뚫려 있어 공력을 실어 발출하면 기혈을 뒤흔드는 귀곡성을 내뿜는다.

창궁무사 한 명이 귀신의 울음소리에 순간적으로 진기가 이어지지 않는지 걸음이 느려졌다.

그에게 염왕표가 기이한 곡선을 그리며 날아들었다.

-스팟!

흠칫하며 염왕표를 피하는 창궁무사.

헌데 염왕표가 스치고 지나간 상처에서 녹색 연기가 피어올랐다.

동시에 급격히 썩어 들어가기 시작했다.

"독!"

일반적인 독이 아니었다.

진기 흐름을 방해하는 산공(공력을 흩어지게 하는 것)의 묘용마저 있는, 철저히 무인을 겨냥해 설계된 독이었다.

공력으로 독이 퍼지는 걸 억제할 틈도 없었다.

창궁무사는 망설임 없이 자신의 왼팔을 어깨부터 베어 버렸다.

-촤악!

바닥에 떨어진 팔이 한순간 녹색 혈수가 되어 녹아내렸다.

그 광경을 본 호위대장이 이를 갈았다.

"부시독! 비열한 염왕성 놈들!"

염왕성은 쟁투강호 시대부터 남궁세가와 오랜 은원으로 묶인 관계.

당연히 서로에 대해 숙지할 만큼 숙지한 상태다.

염왕성은 마도의 하늘 마천루를 이루는 열 개의 기둥인 마도십문 중에서도 천마신교, 구천검가, 오행마궁에 이은 서열 4위의 초거대 문파.

남궁세가와 비교해도 그 세력이 꿀리지 않는다.

허나 제천맹 천하가 열리고 장장 수십 년 동안 양측은 국지전을 제외하면 대규모 분쟁을 일으킨 적이 한 차례도 없었다.

설령 크게 시비가 붙어도 제천사 차원에서 대부분 조율이 가능했으니 더욱 그랬다.

헌데 이렇게 기습해 오다니!

'역시 마도는 상종할 종자가 못 된다!'

원한이, 증오가 가슴 깊은 곳에 인이 박혔다.

하나의 원한에 또 하나의 원한이 겹쳐지면 피로 쓰인 차용증이 된다.

원금, 아니, 이자까지 받아내야 했다.

원수의 피로 말이다.

그게 복수다.

하지만 지금은 남궁소소를 살리는 게 먼저였다.

호위대장이 외쳤다.

"염왕성의 마졸들아! 어찌 제천의 하늘 아래 이런 패악무도한 짓을 저지를 수 있단 말이냐!"

그 말을 들은 견갑 복면인이 비웃음 가득한 목소리로 받아쳤다.

"우린 그저 윗분들이 시키는 대로 할 뿐, 생각 따위 하지 않는다! 그간 정파의 위선자 놈들과 한솥밥 먹는 게 역겹기 짝이 없었는데 잘되었구나! 수십 년간 오직 이 순간만을 기다렸도다!"

마기로 번들거리는 눈동자를 빛내며 외치는 견갑 복면인.

그는 마성을 폭발시켰다.

"고고하기 짝이 없는 검제께서 그토록 사랑하는 금지옥엽을 잃으면 과연 어떤 기분일까? 궁금하구나! 우리 마도인을 참살할 때처럼 피도 눈물도 없이 굴까? 그도 아니면 저잣거리 버러지처럼 질질 짤까? 너는 어찌 생각하느냐? 크하하핫!"

"그럼 정마대전이다!"

"마도는 내일을 생각하지 않는다!"

호위대장은 안색을 굳혔다.

협상은 없다.

그렇다면 한쪽이 죽을 때까지 싸울 뿐이다.

복면인들은 대열을 이뤄 염왕표를 던졌다.

후미에 있던 창궁무사들이 벼락같이 검을 뽑아 이를 튕겨냈다.

점점 속도가 느려졌다.

그사이 창궁무사와 복면인들 간의 거리가 좁혀졌다.

그리고.

꼬리가 잡혔다!

"창궁무애검진을 펼쳐라!"

"존명!"

창궁무사들이 순식간에 대형을 이뤄 검진을 형성했다.

푸르고 장중한 기운이 사위를 잠식시켰다.

동시에 창궁무애검진이 연환으로 펼쳐지며 복면인들을 공격해 들어갔다.

그 선봉엔 절정고수인 호위대장이 있었다.

이에 대응해 복면인들은 염왕성의 독문 진법인 환영괴로진을 펼쳤다.

-끼아아아악!

염왕표를 던졌을 때처럼 고막을 찢는 괴음과 기이한 환영이 정신을 어지럽힌다.

그 순간.

창궁무애검진과 환영괴로진이 격돌했다.

-쾅! 콰카카캉!

연속적으로 대열을 바꿔가며 서로의 병기가 부딪쳤다.

환영괴로진은 끊임없이 창궁무사의 감각을 교란시켰다.

환술이 가미된 환영괴로진의 공능이다.

정신이 혼미해진 창궁무사에게 복면인들의 병장기가 쏟아져 들어왔다.

재빨리 주변 창궁무사들이 검초를 뿌리며 견제해 겨우 살았다.

그들이 내뿜은 경력만으로도 주변 담벼락에 금이 쩍쩍 갔다.

그만큼 엄청난 파괴력이었다.

반면에 창궁무애검진은 남궁세가 특유의 강검의 묘리에 따라 강력한 파괴력을 선보였다.

특히 호위대장의 활약이 대단했다.

절정고수답게 창궁무애검진의 모용을 십분 살려 기공을

공유하는 다른 창궁무사들의 공력을 온몸으로 받아들였다.

그러자 평소의 두 배에 달하는 검기가 뿜어지며 견갑 복면인을 맞상대했다.

-쾅! 콰카카캉! 콰쾅!

섬전 같은 보신경으로 빠르게 발을 놀려 서로의 병기를 부딪칠 때마다 폭탄이 터지는 듯한 굉음이 사방으로 울려 퍼졌다.

허나 상대하기 쉽지 않다.

견갑 복면인 역시 같은 절정고수였기 때문이다.

그는 염왕성의 잔혼탈백도로 맞섰다.

견갑 복면인의 좌우로 복면인 두 명이 뛰쳐나와 호위대장에게 달려들었다.

쏘아지는 기파로 볼 때 일류고수가 분명했다.

초반 박빙의 승부에도 불구하고 복면인 두 명이 가세하자 점점 호위대장이 밀리기 시작했다.

호위대장뿐만이 아니다.

창궁무사 전체가 밀렸다.

어쩔 수 없는 일이다.

이쪽은 고작 십여 명.

반면에 저쪽은 서른 명이 넘는다.

3배에 달하는 수적 격차에도 불구하고 호위대장은 발군의 활약을 펼쳤다.

"하아아압!"

사방으로 검기를 난사했다.

견갑 복면인이 기막을 펼쳐 이를 막는 사이 좌우에서 복면인이 그림 같은 합공으로 호위대장에게 짓쳐 들어갔다.

호위대장은 왼손으로 남궁세가의 천풍장력을 뿌렸다.

강맹한 장력에 기함한 복면인들이 몸을 틀어 피했다.

동급 강자와 일류고수 두 명을 상대로 호위대장은 엄청난 활약을 펼쳤다.

하지만 점점 한계가 다가온다.

견갑 복면인의 잔혼탈백도에서 발출되는 도기는 둘째치고, 도기에서 뿜어지는 경력을 상쇄하는 게 점점 더 힘들어졌다.

공력의 총량에서 차이가 크기 때문에 벌어진 일이다.

초식의 우위에도 불구하고 밀릴 수밖에 없는 상황.

허나 강호에서 만전 상태의 전투는 성립되지 않는다.

또한 창궁무사 조장의 임무는 전투에서 승리하는 게 아니었다.

"진지룡! 왕양! 소공녀를 모셔라!"

"존명!"

그는 남궁소소의 호위대장을 역임할 정도로 창궁무사 중에서도 최고 수준의 실력자.

또한 날카로운 판단력으로 이 시점에서 남궁소소를 탈

출시킬 최적의 순간을 잡아냈다.

창궁무사 두 명이 창궁무애검진에서 빠져나왔다.

그럼에도 검진은 조금의 빈틈도 보이지 않았다.

항상 이런 상황을 상정하고 훈련해왔기 때문이다.

그들은 설랑과 함께 뒤쪽으로 쏜살같이 뛰쳐나갔다.

견갑 복면인이 소리쳤다.

"쫓아라!"

복면인 다섯 명이 환영괴로진에서 빠져나와 설랑과 창궁무사의 뒤를 쫓았다.

9장
합비대혈사

"어딜 가느냐!"

호위대장은 그대로 창궁무애검진 내부를 관통해 반대쪽으로 튀어나와 복면인들의 등 뒤로 전력을 다해 검초를 뿌렸다.

푸른 검기 다발에 휘말려 복면인 하나가 다리가 잘려 바닥을 뒹굴었다.

나머지 역시 사력을 다해 보신경을 펼쳐 회피했지만 상처를 입지 않을 수 없었다.

그럼에도 네 명은 건재했다.

호위대장이 신위를 펼친 대가는 혹독했다.

가까스로 버티던 창궁무애검진이 빈틈을 노출하며 급격히 밀리기 시작한 것이다.

복면인들의 병장기가 창궁무사의 몸을 스치고 지나갔다.

"끄으으윽!"
독을 발랐는지 창궁무사가 입에서 피를 토했다.
그럼에도 검을 휘두르는 걸 멈추지 않았다.
호위대장이 크게 외쳤다.
"버텨라! 놈들이 감히 소공녀를 쫓게 해선 안 된다! 의기천추!"
"창궁무한!"
창궁무사들은 일제히 입에 해독단을 털어 넣고 그야말로 동귀어진할 기세로 무섭게 달려들었다.
조금이라도 더 오래 싸우기 위해.
한시라도 시간을 끌면 남궁소소가 살아날 확률이 더욱 높아질 테니까!
오직 그것을 위해 목숨을 걸었다.
그것이 남궁세가 무사들이 걷는 길이었다.
-슈슈슈슉!
자세를 낮추고 엄청난 속도로 달리는 설랑.
송아지만 한 크기임에도 움직임이 실로 예사롭지 않았다.
남궁소소는 앙증맞은 손으로 설랑의 목에 난 갈기를 꼭 잡고 눈을 감았다.
"백아……."
설랑의 양옆을 창궁무사 두 명이 호위했다.
그들의 뒤를 복면인 네 명이 바짝 쫓았다.

창궁무사 한 명이 말했다.

"소공녀. 얼마 안 남았습니다. 조금만 더 가면 창궁각입니다."

"……."

"저희가 반드시 소공녀를 지키겠습니다. 가주의 앞에서 그리 맹세했습니다. 그러니 안심하십시오!"

그때였다.

-촤르르르륵!

남궁소소를 노리고 무언가 날아왔다.

깜짝 놀란 창궁무사가 황급히 손을 뻗어 이를 막아냈다.

-촤라락!

창궁무사의 팔뚝을 휘감는 유성추.

또 하나의 유성추가 날아와 창궁무사의 종아리를 감았다.

창궁무사가 검에 경력을 실어 유성추를 잘라내려 했다.

-카캉!

허나 유성추와 이어진 쇠사슬에 막강한 경력이 흐르고 있어 쉽게 자를 수 없었다.

또한 쇠사슬이 매우 견고했다.

복면인들이 쇠사슬을 잡아당겼다.

"이익!"

창궁무사는 그대로 천근추 신법을 펼쳤다.

-쿠웅!

땅에 떨어진 창궁무사는 천주부동의 자세로 쇠사슬을 잡아당기는 복면인들을 상대로 이를 악물고 버텨냈다.

양쪽의 힘겨루기가 이루어지는 가운데 창궁무사와 복면인 두 명의 거리가 점점 가까워졌다.

결국 남은 창궁무사가 이를 악물었다.

"소공녀! 조금만 더 가시면 됩니다! 제가 시간을 끌겠습니다!"

말이 끝나자마자 곧장 복면인들에게 달려들었다.

저들과 같이 죽어도 좋다는 심정으로 창궁무애검법상의 절초를 펼쳤다.

화들짝 놀란 복면인들이 급격히 멈추며 병기를 휘둘렀다.

한 호흡 만에 수십 합의 공방이 오갔다.

창궁무사는 필사즉생의 각오로 공격해 들어갔는데 그 순간까지 냉정하기 그지없었다.

철저하게 이들의 발을 묶고 조금이라도 상처 입히는 게 목표였다.

동급의 강자 두 명을 상대로 어마어마한 선전을 펼쳤다.

남궁세가에 대한 불같은 충성심이 만들어낸 기적.

허나 그것도 한계가 봉착했다.

한 손으로 두 손을 당해낼 순 없는 법이었으니까.

-촤악!

복면인들의 그림 같은 합공에 창궁무사의 왼팔이 팔꿈

치부터 잘려 나갔다.

동시에 경력이 침투하자 몸이 휘청거렸다.

“크윽!”

창궁대연신공을 끌어올려 마기를 상쇄시키는 사이 복면인 중 한 명이 창궁무사를 스쳐 지나갔다.

“못 간다!”

“네놈은 내 먹잇감이다!”

“으아아아아!”

설랑 백아의 갈기를 잡고 있던 남궁소소가 힐끔 뒤를 돌아봤다.

마기를 줄기줄기 흘리는 복면인이 자신을 쫓고 있었다.

‘……무서워.’

눈물이 찔끔 흘렀다.

복면인이 염왕표를 던졌다.

영물인 설랑 백아는 짐승의 본능에 따라 지그재그로 기동해 이를 피해냈다.

허나 그게 복면인이 노린 바였다.

자연히 속도가 느려져 결국 따라잡혔다.

복면인이 검을 휘둘러 남궁소소에게 경력을 뿌리려는 찰나.

‘뭐지?’

남궁소소가 허공을 보고 있었다.

그녀의 눈동자에서 녹색 광채가 일렁였다.

그 순간.

-삐이이이익!

하늘에서 그림자가 복면인을 노리고 강하했다.

"크윽!"

잽싸게 목을 꺾어 이를 피해냈다.

하마터면 날카로운 발톱에 그대로 눈알이 파일 뻔했다.

그림자는 쏜살같이 허공으로 급상승했다.

복면인은 이를 갈며 외쳤다.

"천리비응(千里飛鷹)!"

푸른 깃털의 맹금, 매였다.

남궁소소의 만수조령지체와 공명하는 영물이다.

백아와 청아.

남궁소소를 따르는 영물 중에서도 강력한 존재였다.

-삐이이이익!

천리비응 청아가 다시 급강하하며 복면인에게 달려들었다.

칼보다 더 날카로운 청아의 부리는 복면인에게도 큰 위협이다.

결코 경시하지 않고 일류고수의 날카로운 감각으로 청아에게 장력을 뿌렸다.

사방을 뒤덮는 장영에 청아가 적중되고 말았다.

"청아야!"

-삐애애액!

벽에 부딪혀 떨어지는 청아.

영물인 만큼 튼튼하기 짝이 없어 장력에 당하고도 큰 상처는 없었지만 당장 다시 하늘로 날아오르는 건 무리였다.

동시에 복면인은 백아를 노리고 유성추를 던졌다.

-휘리릭!

백아의 다리에 유성추가 감겼다.

복면인은 곧장 쇠사슬을 잡아당겼다.

-깨갱!

백아가 자빠지자 남궁소소 역시 앞으로 날아가 바닥을 뒹굴었다.

"아악!"

극심한 통증에 몸을 부르르 떨었다.

-깨개개갱!

백아의 비명에 남궁소소는 그쪽을 보았다.

자신에게 달려드는 백아를 복면인이 각법으로 차서 날려 버렸다.

그는 천천히 검을 빼 들었다.

복면인의 눈이 차갑게 빛났다.

일말의 감정도 없는, 살인자의 눈빛이었다.

"아, 아아……."

이런 살기.

한 번도 경험해 본 적 없는 남궁소소였다.

항상 사랑받아 왔다.

그녀를 둘러싼 모든 것이 완벽했고 언제나 행복했다.

허나 지금 이 순간.

그녀 곁엔 아무도 없었다.

죽음이 손짓하고 있다.

복면인이 검을 들어 올렸다.

남궁소소는 눈을 질끈 감았다.

그 순간.

-후와아아악!

뜨거운 바람이 남궁소소의 뺨을 때렸다.

추운 겨울 화롯가에서나 느낄 법한 열풍이다.

복면인은 검을 들어 올린 자세 그대로 굳어 있었다.

아니, 그렇지 않다.

그의 목이 비스듬히 잘려 나가더니 하얀 재와 함께 바닥에 떨어져 데굴데굴 굴렀다.

잘린 단면에선 피조차 흐르지 않았다.

"……."

아무 일도 일어나지 않자 남궁소소는 살짝 실눈을 뜨려 했다.

"어?"

아무것도 보이지 않는다.

누군가 눈을 손으로 가리고 있었기 때문이다.

"숙녀가 보기 그리 좋은 장면이 아니야."

따뜻한 손길에 이끌려 천천히 몸을 돌리는 남궁소소.

순간 남궁소소의 얼굴이 환해졌다.

"신 오라버니!"

입가에 살짝 미소를 머금은 환신이 있었다.

서로 눈을 마주 보는데 남궁소소의 눈에서 물기가 솟았다.

곧장 환신의 품에 얼굴을 묻고 어깨를 부들부들 떨었다.

-끼르륵…….

흑익신화포가 펄럭이며 남궁소소의 몸을 감쌌다.

환신은 그런 남궁소소의 등을 쓰다듬었다.

'얼마나 무서웠을까.'

이제 여덟 살에 불과한 어린아이이다.

본래 세계에서 사촌 누나 외동딸이 딱 이 나이였지.

조카뻘인 아이가 무시무시한 마도 고수 수십에게 쫓기다 거의 죽을 뻔했다.

게임 속에서 남궁소소의 죽음을 무심히 지켜보던 때가 떠오른다.

참 다양한 형태로 죽었지.

2, 30회차까지는 마음이 아팠지만 그 후부턴 어느새 익숙해져 신경도 쓰지 않았다.

하지만 자신의 품에서 울고 있는 이 아이는 살아 있는 사람이다.

따뜻한 온기가 느껴지는…… 사람이었다.

'이 아이가 죽는다고?'

자신은 남궁소소의 죽음을 견딜 수 있을까?

등골이 서늘해진다.

구해야 했다.

자신의 마음과.

태음칠절맥으로 고통받다 속절없이 죽어갈 미래를 위해서라도 반드시!

이때까지만 해도 환신은 아직 깨닫지 못하고 있었다.

바로 이것이.

자신만의 협(俠)이 시작된 순간이란 사실을 말이다.

남궁소소가 고개를 들었다.

물기 가득한 눈망울로 입을 열었다.

"시, 신 오라버니. 저 때문에 다른 무사님들이……."

"그들은 널 구하려고 최선을 다했어. 그러니 꼭 살자."

너와 나, 모두를 위해.

남궁소소는 소매로 눈을 훔쳤다.

그리고 다부진 눈으로 환신을 보며 말했다.

"저쪽으로 가면 창궁각이에요. 거기까지 가면 살 수 있댔어요."

"뭐? 거긴 안 돼!"

"예? 하지만 무사님들이……."

그때.

창궁각으로 갈 수 있는 골목에서 암행복을 입은 자들 백여 명이 우르르 몰려왔다.

하나같이 복면을 쓰고 마기를 풀풀 풍기고 있었다.

개중에는 견갑 복면인이 세 명이나 있었다.

"……창궁각에 있던 창궁병단 전원이 신장룡을 구원하러 출동했다고!"

"아."

견갑 복면인을 시작으로 복면인들이 일제히 환신과 남궁소소를 향해 달려들었다.

환신은 흑의신화포를 펄럭이며 남궁소소를 품에 안았다.

"젠장! 튀자!"

양발에서 불쑥 일류이 튀어나왔다.

동시에 뜨거운 열풍을 뿌리며 회전했다.

-콰르르릉!

어기충소 신법으로 허공에 뛰어오른 환신은 그대로 벽을 밟고 앞으로 내달렸다.

그 뒤를 복면인들이 쫓았다.

길고 긴 도주극의 시작이었다.

신장룡을 태운 가마 전면에 폭발이 일어났다.

반경 5장(16m)이 가루가 될 정도로 엄청난 폭발이었다.

군부에서나 사용할 법한 진천뢰가 분명했다.

-후우우웅!

가마까지 날아오는 후폭풍.

집법사자들이 이를 가만히 두고 볼 리 만무했다.

검황가 출신 무인들이 익히는 다섯 가지 무공.

'제천' 플레이어들이 검황가 5종 세트라고 부르는 무공 중 내가기공인 건곤신공 공력이 기혈을 타고 흘렀다.

동시에 보신경인 능파행을 펼쳐 전면으로 빛살같이 쏘아졌다.

집법사자들이 일제히 검을 뽑아 휘둘렀다.

백색 잔광이 번뜩이며 가마 앞에 장대한 검막이 펼쳐졌다.

-좌악!

한 집법사자가 검기를 뽑아낸 검을 아래에서 위로 휘두르자 모래 먼지가 반으로 쫙 갈렸다.

신장룡은 조금의 동요도 없이 그 광경을 지켜봤다.

"꺄아아아악!"

"도망쳐!

갑작스러운 사태에 대로를 지나던 양민들이 건물로 숨

거나 사방으로 도망쳤다.

집법사자들이 안광을 번뜩였다.

그들 모두 이런 경험은 처음이다.

당연했다.

지난 수십 년간 제천맹 천하 지배에 반발하는 자들이 한 둘이 아니었다.

때론 개인이, 때론 거대한 세력이 반발했고 그 원흉으로 신장룡 맹하후를 지목했다.

허나 그들이 할 수 있는 건 없었다.

천진의 제천맹 총단이 완공된 이래 맹하후는 총단에서 한 번도 나오지 않았으니까.

통치를 위해 자리를 비울 수 없는 것은 물론이고 누구보다 수신의 중요성을 잘 알고 있었기 때문에 굳이 총단 밖으로 나오지 않은 것이다.

물론 암살 시도가 아예 없는 건 아니었다.

허나 대부분 총단에 설치된 기문진과 기관진식을 통과하지 못했다.

설령 이를 돌파하더라도 제천맹의 진정한 힘 중 하나.

맹주 직속 제천무적근위병단에 의해 육편이 됐다.

그렇게 수십 년간 총단 밖으로 나오지 않은 신장룡 맹하후였으나 과거 첫사랑의 장례식만큼은 오지 않을 수 없었다.

"단 한 번의 틈을 놓치지 않고 암살을 시도하다니. 노부를 증오하는 자들이 천하에 참으로 많구나."

맹하후가 그렇게 넋두리를 할 때였다.

대로를 따라 죽 늘어선 누각 지붕에 복면을 한 자들이 하나둘 모습을 드러냈다.

그중 견갑 복면인 한 명이 조용히 손을 들었다.

그러자 복면인 수백 명이 일제히 보신경을 펼쳐 누각에서 뛰어내렸다.

"살수다! 합하를 지켜라!"

"존명!"

10인의 집법사자가 휘하의 제천무사를 이끌고 사방으로 퍼졌다.

바로 그때.

집법사자가 외쳤다.

"제천사! 건곤무병진을 전개한다!"

"명을 따릅니다!"

순간.

집법사자를 중심으로 제천무사들의 정수리에서 실처럼 얇은 기운이 피어올랐다.

영기가 마치 굵은 실을 꼬듯 하나로 엮어 들어갔다.

이것이 바로 신장룡이 천하를 떠돌다 발굴한 고대 진법을 개량해 창안한 무병진(武兵陣)이다.

동종 기공을 익힌 자들끼리 단체로 전개할 수 있는 무병진의 힘으로 제천맹은 황실을 압도할 수 있었다.

-두쿵!

공력이 완전히 연결되자 일반적인 검진과 비교를 불허하는 막강한 파동이 사방으로 뻗어 나갔다.

복면인들 역시 지지 않았다.

그들의 몸에서도 붉은 영기가 실타래처럼 피어올라 하나로 꼬였다.

집법사자가 이를 보고 외쳤다.

"혈염무병진! 염왕성이구나!

복면인들이 펼친 혈염무병진에서 어마어마한 마기가 뿜어지기 시작했다.

동시에 검황가의 건곤무병진과 염왕성의 혈염무병진이 일제히 격돌했다.

-콰르르르릉!

맹하후를 보호하기 위해 원진 형태로 건곤무병진이 펼쳐졌다.

건곤무병진의 최전방에서 집법사자들이 굳건히 버텼다.

그들을 향해 보신경을 펼쳐 빠른 속도로 접근하는 자들이 있었다.

견갑 복면인이었다.

-쾅! 쾅쾅! 콰카캉!

집법사자와 견갑 복면인 모두 일반적인 검기와 차원이

다른 검기 다발, 검사(劍絲)를 뽑아내 맞섰다.

검사의 열량과 경력에 의해 주변 건물이 가루가 됐지만 양측 모두 개의치 않았다.

하나같이 무병진 특유의 반탄강기를 전개해 건물 잔해를 전부 증발시켜 버린 것이다.

전원 검을 쓰는 집법사자와 달리 견갑 복면인들은 다양한 무기를 사용했다.

양측 모두 상승의 병기술을 보유하고 있었다.

절정고수의 시간은 일반인의 그것과 전혀 다르게 흘러간다.

1초를 수십 번 쪼갤 시간 동안 미친 듯이 병기를 휘둘렀다.

찌르고, 베고, 막고, 튕기고.

이 모든 움직임이 물 흐르듯 자연스럽게 이루어졌다.

고수의 세계였다.

-끼이이잉.

사고가 가속된다.

집법사자 한 명당 두 명의 견갑 복면인이 달려들었다.

2 대 1임에도 집법사자가 전개하는 검황가의 검공 대라검법은 초수에서 압도적 우위를 드러냈다.

환신이 99회차 플레이 동안 마지막의 마지막까지 제천사를 놓지 못했던 이유.

상승검도 중에서도 최상위의, 무난하게 초절정까지 이를 수 있는 검공이 바로 대라검법이다.

대라검법뿐만이 아니었다.

제천사 5종 세트 모두 대라검법에 준하는 위력을 선보인다.

반면에 청류무사 같은 경우 초반 주어지는 일인전승 문파의 무공이 초절정부터 일류까지 천차만별.

안정성 면에서 제천사가 압도적이니 주력으로 플레이할 수밖에.

물론 낭인은 기본공도 안 주고 강호에 던져지니 볼 거 없이 쓰레기고.

그만큼 집법사자는 엄청난 강함을 선보였다.

견갑 복면인은 수적 우위에도 불구하고 집법사자를 압도하지 못했다.

격전을 치르는 건 절정고수들뿐만이 아니었다.

일류고수로 이루어진 제천무사와 일류와 이류가 뒤섞인 복면인들 역시 피와 살이 튀는 혈투를 벌이고 있었다.

아니, 오히려 더 치열했다.

양측이 무병진을 펼치고 있는 이상 독은 반탄강기의 열량에 녹아버린다.

그래서 마도의 무병진은 항상 암기를 곁들였다.

복면인들은 마치 총을 연사하듯 순차적으로 검기를 실

은 암기를 뿌려댔다.

날카로운 표창이 비처럼 쏟아졌다.

표적이 된 제천무사들은 일제히 반탄강기로 표창을 튕겨냈다.

동시에 복면인들을 향해 돌진했다.

수십 수백 번 훈련한 대로 완벽한 호흡을 선보이며 건곤무병진의 반탄강기로 혈염무병진의 반탄강기를 그대로 상쇄시켜 버렸다.

제천무사 3인의 공력이 하나로 합쳐지자 검사가 쭉 뽑혀 나왔다.

약해진 반탄강기를 검사로 찢어발겼다.

그렇게 생긴 틈으로 제천무사가 쏟아져 들어간다.

이제부턴 난전이었다.

-푸확!

쏟아지는 칼날에 복면인의 복부에서 내장이 후드득 쏟아졌다.

어떤 자는 다리가 잘려 나가 바닥에 쓰러진다.

제천무사 하나가 허공으로 몸을 띄워 천근추 신법으로 빠르게 바닥에 떨어져 내렸다.

-쿵!

"끄아아아악!"

천근추 신법에 이은 진각으로 바닥에 쓰러진 복면인의

몸통을 밟아 척추를 부러뜨려 버렸다.

복면인 한 명을 완전히 폐기시켜 버린 제천무사에게 손도끼 두 자루가 날아왔다.

번개처럼 검초를 펼쳐 손도끼를 튕겨냈다.

하지만 귀신같은 파고드는 그림자를 놓치고 말았다.

"헉!"

복면인은 날이 구부러진 기형도를 아래에서 위로 휘둘렀다.

제천무사의 턱부터 코를 스치고 지나갔다.

-피슛! 파팡!

경력이 파고들어 턱을 중심으로 하관과 코가 폭발하듯 터져 나갔다.

지옥 같은 고통에 제천무사는 비명조차 지르지 못했다.

경직된 제천무사의 심장에 길쭉한 송곳 형태의 기형 병기가 파고들었다.

심장이 터져 단번에 절명한 제천무사.

허나 그림 같은 연수 합격으로 제천무사를 참살한 복면인 역시 무사하지 못했다.

제천무사가 단숨에 사방에서 그를 둘러싸고 쾌검을 뿌렸다.

전후좌우 일체의 회피 각도를 허용치 않는 잔인한 검로에 온몸이 산산이 잘려 나가 육편이 됐다.

욕지기가 절로 올라오는, 잔혹하기 짝이 없는 광경이다.

이것이 무병진이 무서운 이유였다.

집단으로 진기와 정신감응을 주고받으며 합쳐진 경력으로 상대를 압박하고, 서로 간의 반탄강기를 뚫고 들어가 지독한 난전으로 상대를 참살한다.

그 안에 어떤 도의도 낭만도 없었다.

그저 상대를 죽이고자 하는 지독한 살의뿐.

평지에서 붙은 회전이 아닌 도시 안에서 벌어진 시가전이라 난전은 더욱 치열했다.

하지만 결국 고하가 가려졌다.

제천무사, 그중에서도 제천사에 소속된 이들은 전원 일류고수로, 고르고 고른 정예 무사였다.

반면에 염왕성은 마도 무림 최상위 서열의 거대 문파였으나 소속 마도 고수의 정예함이 제천무사에 미치지 못했다.

특히 집법사자들의 활약이 무시무시했다.

무림에서 제천사가 누리는 지위와 명성 그대로 가공할 무공 수위를 선보이며 견갑 복면인을 오히려 압도하고 있었다.

그 광경을 지켜보던 맹하후가 말했다.

"이 정도 소란이 벌어졌으니 창궁병단이 출격하지 않을 수 없다. 집법사자들은 조금만 더 버티도록 하라."

"합하의 명을 받듭니다!"

대라검법을 펼치는 집법사자와 제천무사들의 사기가 오르며 손속이 더욱 빨라졌다.

시간은 그들 편이다.

공력을 아낄 이유 따위 없었다.

그렇게 승기가 기울어질 때였다.

아지랑이처럼 일렁이는 낙조를 등에 업고 누군가 누각 지붕에서 몸을 일으켰다.

붉은 혈의에 핏빛 복면을 쓴 자였다.

혈의인은 금색 견갑은 물론이고 상체와 하박을 가린 황금색 미늘 갑주를 착용하고 있었는데 그 위엄이 실로 엄청났다.

-차르르륵.

혈의 복면인은 허리에 묶고 있던 붉은 쇠사슬을 풀었다.

그리고 허리춤에서 무언가를 빼 들었다.

핏빛 낫.

혈겸(血鎌)이다.

혈의 복면인은 혈겸과 쇠사슬을 결합시켰다.

-철컥!

풍문에 밝은 무림인이 혈겸을 목격했다면 공포에 질려 숨조차 제대로 쉬지 못했을 것이다.

당연했다.

저 혈겸이야말로 당금 강호 최정점에 위치한 초절정고

수의 독문병기였으니까.

피와 공포로 점철된 그자의 명성은 사해를 진동시켰으니.

혈의 복면인의 눈에서 기광이 폭사했다.

동시에 핏빛 그림자를 남기고 지붕에서 모습을 감췄다.

초절정고수를 상징하는 고도의 상승신법.

이형환위였다.

한창 견갑 복면인 두 명을 상대로 선전을 펼치고 있던 집법사자의 어깨에 혈겸이 박혔다.

"끄윽!"

"이리 오너라!"

-차르르륵!

엄청난 힘에 속절없이 끌려온 집법사자에게 혈의 복면인이 장력을 내갈겼다.

일반적인 장력이 아니라.

격산타우 묘리가 실린 초절정고수의 전매특허.

격공장(隔空掌)이다.

-푸확!

무려 7장(23m)을 격하고 날아든 장력에 집법사자의 육체가 피를 가득 채운 포대 자루 터지는 것마냥 폭발했다.

허공에 피와 살 조각이 비처럼 내렸다.

-차르르륵!

뱀처럼 허공을 자유자재로 유영하는 혈겸.

쇠사슬을 따라 붉은 기운이 타고 올라간다.

이윽고 손낫 정도 크기의 혈겸에서 무려 2장(6.6m)에 이르는 붉은 검기가 쑥 뽑혀졌다.

아니.

검기 따위가 아니다.

하늘의 흉성을 그대로 따다 박아놓은 듯한, 눈알이 타들어갈 것만 같은 어마어마한 열량은 결코 검기일 수 없었다.

초절정고수를 상징하는 파괴의 극치.

검강(劍罡)이다.

사신의 낫을 연상시키는 무시무시한 핏빛 대낫이 혈선을 그리며 허공을 갈랐다.

-차르륵! 차르르륵!

혈겸이 일정 범위를 휩쓸자 그 안에 있던 제천무사 십여 명의 육체가 동강 나 피와 내장이 사방으로 튀었다.

제천사 일 개 조가 증발하는 데 걸린 시간은 그야말로 찰나지간에 불과했다.

초절정고수, 그중에서도 최상위에 군림하는 초강자의 위용이었다.

혈염무병진을 상대하느라 곳곳이 빈틈투성이지만 오직 스스로의 힘으로 건곤무병진의 반탄강기를 찢어발기고 난입한 혈의 복면인이다.

상상을 초월하는 무위였다.

혈의 복면인은 그대로 전면을 향해 쇄도해 들어갔다.
목표는 명확했다.
맹하후에 대한 특공이다.
-차르르릉!
핏빛 검강을 머금은 혈겸이 맹하후에게 쏘아졌다.
가마째로 잘라 버릴 기세였다.
그 순간.
가마 옆을 지키던 네 명의 근육질 거한.
풍림화산이 몸을 날렸다.
풍림화산 중 림과 산이 등에 지고 있던 병기를 빼 들었다.
-차라라락!
부채가 펴지듯 활짝 펴진 것은 바로 우산이었다.
그것도 철제 우산.
산은 메고 있던 두꺼운 방패를 꺼내 들었다.
림과 산의 공력이 하나로 결합돼 푸른 기운을 방출했다.
-콰르르르릉!
푸른 기운이 단숨에 갈라진다.
하지만.
결국 우산과 방패를 잘라내진 못했다.
우산과 방패가 기이한 파동과 함께 웅웅거리며 맥동한다.
초절정고수의 검강을 막아내다니.
이게 바로 신병이기의 위력이었다.

혈의 복면인은 빠르게 혈겸을 회수해 다시 전면으로 쏘아 보냈다.

림과 산은 다시 한번 이를 막아냈다.

그렇게 림과 산이 방어에 전념하는 사이 검을 든 풍과 도를 든 화가 양옆에서 혈의 복면인에게 쏘아졌다.

절정고수 네 명의 합공에도 불구하고 혈의 복면인은 여유롭기 짝이 없었다.

그때였다.

가마 위에 서 있던 맹하후가 버럭 소리를 질렀다.

"루빙! 어찌 이런 짓을 벌인단 말이냐!"

그렇다.

혈의 복면인이야말로 지살칠십이숙 중 구병(九兵)의 좌장.

마라혈겸(魔羅血鎌) 루빙이었다.

남궁소소는 정신이 하나도 없었다.

-콰르르르릉!

-슈슉! 슈슈슉!

흑익신화포에 감싸여 환신의 품에 안긴 채 살짝 열린 전포 틈새로 밖을 내다보았다.

엄청난 광경이 펼쳐지고 있었다.

눈을 찌르는 빛과 함께 전방에서 칼이 날아들고, 쇄도하는 복면인이 그대로 무언가에 관통당해 쓰러졌다.

하지만 곧 삼 인의 복면인이 천지인 세 방향을 점하고 달려들었다.

마기를 풀풀 풍기는 복면인이 도끼, 낫, 낭아봉을 휘두르며 뛰어드는 광경은 공포스럽기 그지없었다.

하지만 환신이 더 무서웠다.

-번쩍!

절대필중(絶代必中) 개금비 제1초 직광과 제2초 회선광이 작렬했다.

한 복면인은 직광에 의해 심장이 관통당해 즉사했다.

회선광 묘리에 따라 하늘로 날아간 화살촉이 다른 복면인의 정수리를 관통하자 속절없이 드러누웠다.

그사이 낮은 자세로 맹렬히 보법을 전개해 같이 죽자는 기세로 달려든 마지막 복면인.

허나 의미 없다.

두 발의 화살촉을 발출한 직후 환신의 오른손이 기이하게 움직였다.

동시에 붉고 푸른 파괴적인 기운이 뿜어지더니 패도적인 장력이 복면인의 가슴에 틀어박혔다.

환신이 철심수사에게서 훔친 상승장법.

위타장이다.

수라마기를 가득 머금은 장력에 적중되자 복면인의 기혈을 따라 수라마기가 질주하며 온몸의 내장기관을 곤죽으로 만들었다.

복면인은 칠 공으로 피를 쏟으며 목숨을 잃었다.

환신은 그대로 벽을 밟고 내달렸다.

양발 옆 불꽃의 수레바퀴가 맹렬히 회전하며 환신의 몸을 전면으로 쭉쭉 밀었다.

'너무…… 빨라!'

남궁소소는 속으로 비명을 질렀다.

하지만 어째서일까?

이 자극적인 느낌.

나쁘지 않아!

남궁소소는 알지 못했다.

자신이 즐기는 이 스릴이 롤러코스터를 탔을 때와 유사한 감각이라는 사실을 말이다.

그때.

좌우에서 번개처럼 철창과 월아산이 날아들었다.

왼필로 남궁소소를 안고 있어 유일하게 자유로운 오른손이 다시 한번 환상처럼 움직였다.

기연 수확 과정에서 발견한, 이화접목의 묘리를 담은 상승무공.

교룡금나수(蛟龍擒拿手)를 전개해 철창은 손바닥, 월아산은 손등으로 번개처럼 당기고 밀었다.

그러자 날아온 속도 두 배로 날아가 무기를 내지른 자들의 몸통에 꽂혔다.

환신은 오른손을 한쪽으로 쭉 뻗었다.

흡자결을 전개하자 복면인의 몸통에 꽂힌 철창이 쑥 뽑혀 날아와 잡혔다.

손가락에 검기가 피어올라 순식간에 창촉을 잘라냈다.

"흐읍!"

창촉에 광자대력기를 집중했다.

창날을 따라 쭈욱 광자검기가 뽑혀 나왔다.

"화살촉과는 다르다, 화살촉과는!

직광 초식의 묘리에 따라 발출된 창촉이 화살촉과 차원이 다른 질량으로 복면인 세 명의 몸통을 그대로 관통해 터뜨려 버렸다.

환신의 품 안에서 모든 광경을 지켜본 남궁소소는 입을 떡 벌렸다.

아직 여덟 살에 불과하지만 천하제일세가로 명성이 자자한 남궁세가의 금지옥엽이다.

너무 빨라 제대로 볼 수 없다고 해도 지금 환신이 벌이는 일이 얼마나 말도 안 되는지 모를 리 없었다.

'도대체 몇 개의 이종 진기를 교체해 가며 사용하는 거지?'

하나하나 비범하기 짝이 없다.

사용하는 초식만 해도 기이한 투척술과 금나수, 장법 등 그 종류도 다양했다.

이 모든 게 찰나에 이루어지는, 그야말로 순속(瞬速)의 신위.

그 모습이 환신의 얼굴과 결합되자 너무도 깊은 인상을 주어 자기도 모르게 멍하니 바라볼 수밖에 없었다.

그때.

환신이 남궁소소를 보며 말했다.

“소소야! 괜찮아?”

“예? 예엣!”

“어디 아픈 덴 없고!”

“네!”

“좋아! 조금만 버티자! 곧 올 테니까!”

“예? 온다고요? 누가…….”

말이 끝나기 무섭게 다시 일양지기를 머금은 화살촉이 전방으로 발출됐다.

‘아…….’

보기만 해도 설레는 아름다운 얼굴에 흑익신화포라는 기이한 의상, 특유의 더러운 성질머리에서 풍기는 불량한 분위기.

그리고 젊은 나이에 절정에 이른 무공까지.

꿈에 그리던 이상적인 소년 협객의 모습이었다.

'너무…… 멋있어!'

남궁소소 자신도 모르고 있었지만.

그녀의 취향은 배드애스였다.

어느새 남궁소소의 손에 힘이 꼭 들어갔다.

절대 떨어지지 않겠다는 듯 그렇게.

한편.

환신은 아주 죽을 맛이었다.

'시발! 무리했어!'

진기 흐름이 간헐적으로 끊긴다.

이것은 환신이 지닌 태생적 한계였다.

전신 칠대혈을 굳게 가로막고 있는 태음지기의 미세한 틈으로 기를 통과시키는, 곡예비행을 방불케 하는 기예를 선보이며 무공을 펼칠 수밖에 없는 환신이다.

당연히 출력과 지속력에서 큰 문제를 안고 있었다.

그런 환신에게 개금비는 그야말로 완벽한 무공이다.

한 가닥 일양지기로 최고의 효율을 뽑아낼 수 있었으니까.

지금은 다르다.

100명이 훌쩍 넘는 복면인이 천라지망을 형성해 자신을 쫓는다.

중간중간 남궁세가 무사나 하인이 모습을 드러내면 가차 없이 참살해 가며 자신을 추적했다.

'빌어먹을 놈들. 아주 남궁세가가 지들 안방이야.'

오늘도 세계의 악의가 자신을 향하고 있음을 뼈저리게 느낀다.

도주 과정에서 불가항력적으로 장법 같은 무공을 구사하다 보니 공력 소모가 너무 컸다.

또 급하게 무공을 전개하자 역시나 기혈에 무리가 갔다.

그럼에도 경악할 만한 신위를 선보이는 환신이었다.

기린지재의 공능은 그토록 대단했다.

하지만 전능하진 못했다.

공력이 부족한 건 둘째 치고 왼손으로 남궁소소를 안고 있어 한 손을 사용할 수도 없는 상황.

'그나마 태음칠절맥 발작이 1시간 정도 남은 게 다행이지.'

이 시국에 지랄 맞은 고통까지 더해졌으면 그냥 죽는 거지 뭐.

복면인 수십 명을 제거했지만 아직 까마득했다.

'아무것도 못 하고 무력하게 소소의 죽음을 지켜봤던 거에 비하면 선방한 건가?'

하긴.

99회차 플레이 동안 이 시점에 일류고수의 경지에 도달한 건 최근 7회차가 전부다.

당연히 할 수 있는 건 그리 많지 않았다.

절정고수, 나아가 초절정고수의 틈바구니 속에서 고작 일류고수가 뭘 할 수 있겠는가.

허나 지금은 절정고수.

전혀 다른 결과를 만들어낼 수 있을지도 모른다.

아니, 어쩌면.

자신이 절정고수가 됐기 때문에.

동방척이 남궁소소를 구해달라는 의뢰를 한 건지도 모른다.

'……조금만. 조금만 더 버티면 돼. 그럼 살 수 있어.'

정해진 타임 라인에 따라 이 모든 상황을 단숨에 뒤집을 게임 체인저가 등장할 테니 말이다.

기본적으로 합비대혈사 이벤트는 타임 어택의 성질을 지니고 있었으니까.

바로 그때.

사나운 기파에 정신이 번쩍 들었다.

'절정고수!'

견갑 복면인 삼 인이 세 방향에서 짓쳐들었다.

검과 도끼, 유엽도를 든 자들이었다.

하나같이 마기를 줄기줄기 흘리며 각자의 병기에서 검기를 쭉 뽑아낸 상태다.

속도와 초식의 위력 역시 복면인들에 비할 바가 아니다.

피할 각이 보이지 않았다.

'시발!'

절로 욕이 나온다.

'……일단 살고 보자!'

본능적으로 흑익신화포의 기능, 흑영도약을 발동했다.

-우웅!

길게 뻗어 나온 그림자 속으로 몸을 던졌다.

그림자 세계 속을 유영한다.

환신의 동공이 빠르게 움직였다.

바깥세상과 시간의 흐름이 전혀 상이한 그림자 세계 속에서 견갑 복면인들의 합공을 피하기 위한 최적의 탈출구를 탐색했다.

'공력 소모가 너무 심해.'

일시적으로 측면 차원에 진입하는 기능이다.

당연히 소모되는 공력 역시 무시무시했다.

기혈은 물론이고 단전이 찢어질 것 같은 느낌이다.

'저기닷!'

문으로 몸을 던졌다.

견갑 복면인 삼 인의 포위망 바깥의 벽 그림자에서 튀어나왔다.

-콰르르르릉!

태양속을 전개해 복면인이 잔뜩 모여 있는 곳으로 내달렸다.

흑영낭에서 화살촉 한 줌을 꺼냈다.

"죽어!"

개금비 제3초 난광(亂光)이 펼쳐지며 화살촉 십여 개가 일정 범위를 문자 그대로 난사했다.

-퓨퓨퓩! 퓨퓩!

복면인 십여 명이 육체를 관통당해 쓰러졌다.

그렇게 열린 공간으로 포위망 탈출을 시도했다.

-차르르륵!

사방에서 자신을 노리고 유성추 십여 개가 날아든다.

"빌어먹을! 이 지독한 새끼들아!"

흑익신화포를 뾰족하게 세워 휘둘렀다.

궁기마창 제1초 풍혈의 원리에 따라 날카로운 열풍이 불며 유성추를 전부 튕겨냈다.

환신도 환신이지만 복면인들 역시 치를 떨었다.

견갑 복면인 한 명이 참지 못하고 분통을 터뜨렸다.

"아무리 절정고수지만 어찌 저리 재빠를 수 있단 말이냐!"

이건 모욕이다.

위대한 마도의 초절정고수.

염왕성 서열 2위 마라혈겸 루빙 휘하에서 영광의 역사를 써온 마라병단의 일원으로서 어찌 참을 수 있단 말인가!

견갑 복면인이 발작적으로 소리쳤다.

"무병진을 전개하라!"

그 말에 발끈한 환신이 고개를 돌려 빽 소리 질렀다.

"이런 미친놈! 나 하나 잡겠다고 무슨 무병진을 전개하고 자빠졌어! 느그 염왕성 종자는 수치심도 못 느끼냐?!"

"……죽여라! 반드시 저놈을 산 채로 찢어 죽여야 한다!"

견갑 복면인을 필두로 복면인들의 정수리에서 아지랑이 피어오르듯 붉은 실이 흘러나왔다.

붉은 실은 서로 꼬이고 꼬여 견고한 기의 벽을 형성했다.

완편 무병진은 무려 1,000명에 달하는 무림고수로 편성된다.

100여 명 정도면 약식에 가깝지.

허나 어지간한 초절정고수도 정면으로 붙으면 얼마 버티지 못하고 참살당할 수준.

헌데 절정고수 1인에게 무병진이라니.

환신의 외침대로 무림인으로서 충분히 수치스러워할 만한 일이었다.

그럼에도 그렇게 했다.

복면인들의 분노가 어느 정도인지 알 수 있는 부분이다.

"가자!"

"염왕무적! 혈염천하!"

순식간에 대열을 이룬 복면인들이 붉은 광채를 뿌리며 질주했다.

지금까지와 차원이 다른 속도다.

엄청난 위기감에 발작적으로 혈염무병진 꼭짓점의 견갑 복면인을 노리고 광자검기를 발출했다.

-키유웅!

후발선제의 극치인 개금비다.

허나 무병진을 통해 100여 명에 이르는 복면인들의 진기를 공유한 견갑 복면인이었다.

그의 검에서 실처럼 가는 검기 다발, 검사가 구름처럼 일어났다.

핏빛 구름이었다.

견갑 복면인이 검을 휘두르자 광자검기를 머금은 화살촉이 100인의 공력이 합쳐진, 압도적인 검사의 열량에 의해 그대로 증발해 버렸다.

이름 없는 섬을 떠나 무림에 출도한 이래 개금비로 적을 쓰러뜨리지 못한 건 이번이 처음이었다.

'이런 젠장! 역시 무병진! 완전 개사기네!'

'제천'이 집단전으로 흐를 수밖에 없는 이유.

공방일체 무병진이 근간이었다.

'겨우 100명이 저 정돈데 1,000명으로 구성된 완편 무병진이면……?'

상상만 해도 공포스럽기 짝이 없다.

제천맹 산하에는 병단을 보유한 문파가 수백 곳에 이른다.

누군가 의도적으로 집단전을 유도하는 듯한, 그림 같은

상황이다.

무병진을 전개할 수 있는 병단 중엔 당연하게도 초절정 고수가 이끄는 무병진 역시 존재하는데 그 위력은 파천황 그 자체.

이들 모두 당대 최고 수준의 초절정고수인 마라혈겸 루빙 휘하 마라병단 소속이다.

마천루의 최정예 무력 집단 중 하나라고 볼 수 있겠지.

'마라혈겸 이 미친놈! 뭐가 좋다고 청천의 사상에 홀려서!'

남궁세가의 본거지에서 신장룡 맹하후 암살 시도는 자살행위나 마찬가지다.

단 10분.

10분도 채 되지 않아 창궁병단은 물론이고 남궁세가의 숨겨진 힘이라고 할 수 있는 원로원까지 우르르 몰려올 것이다.

거기에 자신의 마라병단을 총동원하는 강수를 두다니.

전멸은 확정이고 비열한 마도의 종자라는 오명 역시 피할 수 없다.

말 그대로 미친 짓이었다.

허나.

'마라혈겸의 진정한 목표가 바로 그거지.'

남궁세가에 피해를 입히고 전멸당하는 것.

애초에 마라혈겸의 역할은 촉매제다.

염왕성 서열 2위.

마도의 하늘 마천루에서도 최상위 서열인 그가 자신의 병단을 이끌고 신장룡 맹하후 암살을 시도한다?

그것도 남궁세가의 본거지에서?

여기에 더해 검제 남궁천의 금지옥엽을 잔혹하게 참살한다면?

전쟁이다.

정마대전이 터져 제2차 쟁투강호 시대가 개막되는 것이다.

제천내각으로서도 도저히 멈출 수 없는…… 거대한 흐름이 말이다.

가뜩이나 역사상 무림의 힘이 가장 강대한 시대였다.

수많은 영웅호걸이 야망을 불태우며 호시탐탐 기회를 엿보고 있다.

남궁세가에서 벌어진 신장룡 암살 미수 사건으로 야망가들이 그토록 바라던 완벽한 기회가 만들어진 것이다.

천하의 패권을 놓고 벌어질 위대한 게임에 참가할 기회 말이다.

'아, 몰라! 그딴 건 됐고, 일단 살고 보자!'

무병진을 이루는 복면인들이 폭주 기관차처럼 거침없이 내달렸다.

-주르륵!

혈염무병진이 내뿜는 폭발적인 열량으로 주변의 벽과 건물을 녹여가며 도주하는 환신을 쫓는 복면인들.

무병진이 전개되자 복면인들의 보신경 속도까지 올라갔다.

거기서 끝이 아니다.

-끼아아아아아악!

무병진에서 톱날마다 실처럼 가는 검사를 뿜어내며 회전하는 염왕표 수십 개가 튀어나와 환신을 노렸다.

비도술의 묘리가 실렸는지 시시각각 회피할 각을 제거해 가며 쇄도했다.

"이런 미친!"

기린안을 통해 알 수 있었다.

검사를 머금은 염왕표가 그저 태양속의 열풍으로 튕겨낼 수 있는 수준이 아니라는 사실을 말이다.

이를 악물고 다시 한번 흑영도약을 시전했다.

그림자 세계로 진입하자 단전과 기혈이 찢어질 듯 아파온다.

물론 이 정도 고통 따위.

매일 태음칠절맥 발작의 고통에 시달리는 환신에겐 아무것도 아니지만.

문제는 다른 데 있었다.

'……이번에 나가면 한동안 흑영도약 발동은 무리야.'

공력이 부족했다.

그렇다면 그림자 세계를 이탈하는 순간 결정적인 타격을 주고 도주하는 게 최선이다.

환신의 천재성이 찰나의 순간 최선의 수를 찾아냈다.

흑영낭에서 빼낸 화살촉에 일양지기를 주입했다.

쭈욱 광자검기가 뽑혀 나왔다.

'이걸론…… 부족해!'

단전을 중심으로 전신 기혈을 따라 진기가 맹렬히 회전한다.

일양지기의 엄청난 열기에 화살촉이 순식간에 녹아내려 누런 쇳물이 됐다.

'더! 더! 더!'

이윽고 쇳물이 필라멘트처럼 백열하며 길쭉한 침의 형태를 만들었다.

"여기다!"

곧장 문을 열고 그림자 세계를 뛰쳐나왔다.

혈염무병진의 측면.

기린안과 태양신경총이 융합된 공능으로 단숨에 무병진의 핵이 되는 견갑 복면인을 잡아냈다.

'저놈이구나!'

목표를 정했으니 망설일 이유 따위 없지!

번개처럼 손가락을 뻗어 견갑 복면인을 가리켰다.

현재 환신이 전개할 수 있는 최고의 화력.

직광포였다.

-끼융!

빛살과 같은 속도로 날아가는 광침.

-카칭!

광침은 견갑 복면인을 적중하기 직전 벌집 모양의 붉은색 광막에 가로막혔다.

반탄강기였다.

초절정고수에 준하는 반탄강기는 무병진만의 공능이다.

하지만.

'그건 완편 무병진일 때 얘기고!'

"하아아아앗!"

손가락에 모든 공력을 집중시키자 전신으로 황금빛 파동이 뿌려졌다.

-끼이이이잉!

'시발! 그래도 부족해!'

바로 그 순간.

기린지재의 천재성이 다시 한번 번뜩였다.

환신의 얼굴 좌우에서 붉고 푸른 기운이 불처럼 솟구쳤다.

두 개의 기운이 실타래처럼 꼬이고 꼬여 이윽고 광침으로 쏘아져 들어갔다.

수라마기를 흡수한 광침이 파르르 떨리더니 폭발적인

열기를 더해가며 완전히 검게 변했다.

-까르르릉! 쿠앙!

광침은 기어코 반탄강기를 뚫고 들어가 견갑 복면인의 몸통에 파고들었다.

"헉!"

짧은 신음성과 함께 견갑 복면인은 핏빛 수증기가 되어 문자 그대로 증발해 버렸다.

-카창!

핵을 이루는 견갑 복면인이 즉사하자 기의 실이 한꺼번에 풀려 무병진이 깨져 버렸다.

환신은 파진을 확인하자마자 뒤도 안 돌아보고 걸음아 나 살려라 도주했다.

하지만 역시나 마도의 하늘 마천루 산하 최정예 집단인 마라병단은 달랐다.

다음 서열 견갑 복면인이 무병진의 핵을 맡아 순식간에 태세를 정비하고 다시금 추격을 시작했다.

반드시 남궁소소를 죽이고 말겠다는 엄청난 집념이 여기까지 전해질 지경이었다.

완전히 질려 버린 환신이 빽액 소리 질렀다.

"이런 젠장! 벌써 시간이 지나도 한참 지났다고! 도대체 언제 오는 거야!"

99회차 플레이 동안 이만큼 버틴 적은 단언컨대 한 번도 없었다.

죽어도 열두 번은 더 죽었을 시간을 기어이 견뎌낸 것이다.

그야말로 인간 승리였다.

환신이 이를 악물고 버틴 이유.

그건 바로…….

목덜미를 따라 서늘한 감각이 전신을 훑고 지나간다.

동시에 팔뚝에서 닭살이 쫙 돋았다.

본능적으로 고개를 들어 하늘을 올려다보았다.

저 멀리 창공에서 빛이 번쩍인다.

환신의 얼굴이 환해졌다.

"왔다!"

-씨이이이잉! 쿵! 쿵! 쿠쿠쿵!

제트기가 음속을 돌파하는 것 같은 어마어마한 폭음이 고막을 때린다.

창공을 가르는 하얀 빛이 일직선으로 내리꽂혔다.

그리고.

-우뚝!

환신의 코앞에 뾰족한 검봉이 보였다.

-푸콰카카카카!

엄청난 후폭풍에 흑익신화포로 전신을 감쌌다.

하지만 경악을 금할 수 없었다.

'맙소사!'

초절지경의 어검비행(御劍飛行)이다.

후폭풍이 지나가자 식은땀을 흘리며 고개를 들었다.

굵은 눈썹이 역팔자로 치켜 올라간, 어딘지 모르게 남궁소소를 닮은 중년인이다.

화려한 금실로 황룡을 수놓은 백의 무복에 어깨에는 청색 견갑을, 몸에는 같은 색상의 비늘 갑주를 착용하고 있었다.

머리에는 제왕을 연상케 하는 높은 금관을 쓰고 있었는데 그 위엄이 실로 어마어마했다.

입을 굳게 다물고 부리부리한 눈으로 환신을 응시했는데 그 존재감만으로도 피부가 따가울 지경이었다.

-두쿵! 두쿵!

그의 손 위에 붉게 맥동하는 곡옥이 둥둥 떠 있었다.

"내놓아라."

군소리 없이 조심스럽게 흑익신화포 안에 있는 남궁소소를 꺼냈다.

남궁소소의 품에서 푸른빛이 맥동하고 있었는데 부르르 떨다 순식간에 튀어나와 붉은 곡옥과 딱 맞춰졌다.

남궁소소가 환하게 웃으며 소리쳤다.

"아버님!"

제천팔패의 일익.

팔세영웅련주 일검명왕 검제 남궁천.

그가 폐관을 깨고 출현한 것이다.

남궁천의 품에 안기는 남궁소소.

그의 역팔자 눈썹 각도가 살짝 완만해졌다.

동시에 비인간적인 위엄에 어울리지 않는, 안도의 한숨을 내쉬었다.

"허어, 무사했구나."

"예! 여기 신 오라버니께서 절 구해주셨어요!"

남궁천의 눈썹 각도가 다시 날카로워졌다.

그의 시선이 환신에게 닿았다.

'으윽!'

무저갱 같은 눈빛.

문득 환신은 한 가지 사실을 깨달았다.

'……아무것도 보이지 않아.'

어마무시한 존재감을 제외하더라도 어검비행으로 허공에 둥둥 떠 있음에도 조금의 기운도 볼 수 없었다.

'이게 반박귀진(返璞歸眞)이구나!'

무공이 극에 달했음에도 성질 더러워 보이는 거 빼면 기린안으로도 평범한 양민과 조금도 다르지 않아 보였다.

그래서 더욱 무서웠다.

비범해야 할 자가 평범해 보이니 어찌 무섭지 않을 수 있을까.

'근데 이 양반, 왜 이렇게 노려보는 거야? 내가 아저씨 딸 구해줬거든?!'

한참을 노려보던 남궁천이 콧방귀를 뀌며 고개를 돌렸다.

"흥! 얼굴만 반반한 애송이 아닌가!"

"아버님! 소녀의 생명의 은인이세요!"

빽 소리 지르는 남궁소소를 보고 남궁천이 큰 충격을 받은 듯 몸을 휘청이고 동공에 지진이 일어났다.

"소, 소소야……. 지금 아빠에게 소리친 것이냐?"

"흥!"

"으윽, 소소야!"

환신은 속으로 생각했다.

'부녀지간 맞네.'

근데 너무 신기하다.

자신이 아는 남궁천은 언제나 분노해 있었다.

미쳐 있었다.

광기에 젖어 마인을 살육하는 죽음의 신.

그게 환신의 기억 속에 각인된 광검제였다.

남궁천의 이런 모습이…… 너무 낯설다.

"이, 일단 상황을 수습해야겠구나. 이 일에 대해선 나중에 이야기하자꾸나."

그 말과 함께 남궁천은 남궁소소의 눈을 가렸다.

-파지지직!

남궁천이 타고 있던 검에서 푸른 전류가 번뜩이며 사라졌다.

아니, 틀리다.

찰나지간 사라졌던 검이 다시 남궁천의 발아래 있었다.

-주르륵.

환신은 식은땀을 흘렸다.

떨리는 마음으로 움찔거리며 고개를 돌렸다.

압도적인 참상이 펼쳐져 있었다.

100여 명의 복면인들이 하나같이 가슴이 뻥 뚫린 채 탄화되어 쓰러져 있는 것이다.

절정지경인 견갑 복면인들만 피륙을 보존한 채 육신이 지글지글 타고 있다.

천령의 절대고수를 상징하는 가공할 공능.

이기어검(以炁御劍)으로 100여 명의 육체를 찰나지간 관통한 것이다.

기린안을 지닌 환신으로서도 인지조차 불가능했다.

그럴 수밖에.

'아승기(阿僧祇)의 세계!'

무림고수는 일반인과 다른 시간 속을 살아간다.

내공이라는 초자연적인 힘으로 뇌를 가속해 1초를 쪼개고 쪼개는 것이다.

고수일수록 더 많이 쪼갤 수 있다.

삼천경의 고수는 차원이 달랐다.

그들은 아예 다른 세상을 살아가고 있었으니까.

이를 아승기의 세계, 혹은 아승기겁이라 칭했다.

'천령의 절대고수가 이 정돈데 그럼 천망의 초월자인 묵시천존과 천간십존은?'

괴물.

그들이 자연재해 취급받는 이유였다.

남궁천이 싸늘하게 웃으며 말했다.

"마도의 버러지들이 감히 본 세가에 발을 들이다니. 한 놈도 남기지 않고 모조리 죽이리라."

환신 쪽으로 고개를 돌려 말을 이었다.

"소년 무사. 이름이 무엇이냐."

"……환신입니다."

"환신이라. 알겠다. 본좌의 하나뿐인 딸을 구해준 보답을 하려는데 받아들이겠느냐?"

"보답…… 말씀이신가요?"

"그렇다."

남궁천의 입가에 잔혹한 미소가 걸렸다.

"재밌는 구경을 할 기회를 주마. 따라오겠느냐?"

환신이 몸을 떨었다.

지금 남궁천은 지독한 살육전을 예고하고 있는 것이다.

그렇다면 가지 않을 수 없다.

'천령의 절대고수가 무공을 펼치는 장면을 감상할 기회잖아!'

눈을 부릅뜨고 지켜보다 보면 깨달음의 한 자락이라도 잡을 수 있을지 모르지.

언제 다시 이런 기회가 올지 모른다.

'못 먹어도 고지 뭐.'

환신은 힘껏 고개를 끄덕였다.

"가겠습니다!"

"흥! 대답 하나는 시원시원한 게 마음에 드는군!"

남궁천은 허리에 두르고 있던 끈을 풀어 환신에게 던졌다.

"꽉 잡아라."

"예?"

말이 끝나기 무섭게 몸이 하늘로 솟구쳤다.

"끄으엑!"

전면에 쐐기 형태의 기막을 형성해 온몸을 때리는 대기를 가르고 나서야 안정을 찾을 수 있었다.

"……칫!"

남궁천이 혀를 찼다.

환신의 동공에 지진이 일어났다.

'저기…… 왜 그러세요?'

자신이 알던 남궁천과 달라도 너무 달라서 괴리감이 장난 아니다.

본래 세계에서 20대 비혼주의자였던 환신으로서는 딸바보라는 족속에 대한 이해가 많이 부족할 수밖에 없었다.

–씨이이이잉! 쿵! 쿵!

환신의 귀로 남궁천의 목소리가 박혀 들었다.

"내려간다."

–콰카카카카카! 쿵! 카카칵!

엄청난 속도로 강하가 시작됐다.

목표는 전투가 한창인 대로변이었다.

혈의 복면인이 복면을 벗어 던졌다.

유약해 보이는, 선이 가는 얼굴의 남자가 모습을 드러냈다.

허나 혈의 복면인, 루빙이야말로 강자존의 살벌한 율법으로 악명 높은 마도 무림에서도 정점에 가까운 존재였다.

"자운각에서 뵙고 처음이군요."

"그렇다. 네 초상이 자운각에 걸릴 때 보고 처음이니라."

맹하후와 루빙은 서로의 눈을 응시했다.

"제천사의 감시를 피해 잘도 이런 일을 벌였구나."

"송구합니다."

"어째서 노부의 목숨을 취하려 드느냐."

루빙이 피식 웃으며 말했다.

"합하께선 무인들의 목을 너무 옥죄셨습니다."

그는 뜨거운 눈으로 맹하후를 응시했다.

"오래 참았습니다. 인내했습니다. 하지만 더는 아닙니다. 참지 않겠습니다."

"죽을 것이다."

"길고 짧은 건 대봐야 아는 일 아니겠습니까."

맹하후는 고개를 절레절레 저었다.

"만분지 일의 확률로 성공하더라도 염왕성은 대가를 치르리라."

"상관없습니다. 마도는 원래 제멋대로니까요."

싱그럽게 웃는 루빙을 보고 맹하후는 슬픈 눈빛으로 그를 바라보았다.

피에 미친 마인으로 가득한 마도 무림에서 루빙 같은 사내는 실로 귀하기 짝이 없는, 보석 같은 존재다.

쟁좌투에서 승리해 지살칩십이숙의 일좌를 차지하고 자운각에 자신의 초상을 걸기 위해 찾아온 루빙의 모습은 실로 당당했다.

그야말로 마도의 별이라 불릴 만한 찬란한 순간이다.

'무슨 바람이 들어 이리 무모한 짓을 벌인단 말이냐.'

루빙 역시 과거 황실과의 대전에서 맹렬히 활약했던 공적이 있다.

또한 제천맹의 일원으로 천하 안정에 공헌해 왔다.

천하란 하나로 모으긴 어려워도 찢어지는 건 허무하리만치 쉬웠다.

허나 그것이 세상의 이치다.

그렇다면 제천내각의 수장으로서 할 일을 할 뿐이다.

맹하후의 눈 깊숙한 곳에서 기광이 번뜩였다.

'강호에 노부와 제천사의 눈을 가리고 암약하는 자들이 존재하는구나. 평화가 길어져 방심했다.'

천하제일지자라는 명성에 걸맞게 맹하후는 루빙의 뒤에 세력이 존재함을 간파했다.

제천맹이 청천의 존재를 최초로 인지한 순간이었다.

"그럼 합하. 시간이 없으니 이만 시작하겠습니다."

-차르르륵.

루빙이 양손으로 혈겸과 쇠사슬을 꽉 쥐고 팽팽히 잡아당겼다.

"최선을 다해 합하를 참살하겠습니다."

순간 루빙의 육체가 핏빛 화염으로 화해 사라졌다.

이형환위였다.

풍림화산은 맹하후와 루빙의 대화가 채 끝나기도 전에 이미 어금니를 꽉 깨물고 있었다.

-뿌직!

어금니 안에 숨겨진 단약이 목구멍을 타고 흘러들어 갔다.

-두쿵! 두쿵!

절정고수는 초절정고수의 속도를 따라잡지 못한다.

환골탈태한 초절정고수와 절정고수의 격차는 그 정도로 엄청났다.

허나 마도의 역혈마공과 연단술의 대가인 화약사가 개발한 폭심단을 섭취하면 짧은 시간이지만 초절정고수를 따라잡을 수 있었다.

바로 이렇게.

림이 든 우산에서 찬란한 빛이 터져 나오더니 유형의 기운을 발산했다.

초절정고수의 전매특허인 반탄강기다.

물론 진정한 초절정고수의 그것에 비하면 흐릿하고 압축 역시 불완전했지만 그래도 반탄강기는 반탄강기였다.

림뿐만이 아니다.

산의 방패에서도 반탄강기가 뒤어나와 림과 한께 벽을 쌓았다.

보신경을 전개해 쇄도하는 풍의 김과 화의 도에서도 불쑥 강기가 튀어나왔다.

루빙은 그 장면을 보고 눈살을 찌푸렸다.

끔찍한 광경이었다.

하늘의 별처럼 수많은 무인 중에서도 오직 한 줌의 무인이 절정의 경지에 도달한다.

그토록 귀한 재능.

어쩌면 초절정의 벽을 뚫을지도 모를 재능이 하늘에서 떨어지는 한 줄기 유성처럼 일순간 눈부신 빛을 발하고 쓸쓸히 산화해 간다.

이것이 루빙이 그토록 증오하는 제천맹 천하의 실체였다.

'거짓 강호. 거짓 무림. 거짓된 천하!'

깨부순다.

그 대의에 자신의 목숨이 보탬이 된다면 미련 없이 던질 뿐이다.

-차르르륵!

핏빛 강기를 머금은 혈겸이 허공에 혈선을 그리며 풍림화산에게 날아들었다.

다시금 양측이 격돌했다.

빛살과 같은 속도로 허공에 쏘아진 혈겸을 향해 림과 산이 우산과 방패를 들이댔다.

혈겸이 기이한 각도로 움직였다.

실초와 허초를 가늠할 수 없는, 고절한 초식이 빈틈을 파고든다.

루빙은 단순히 강기의 위력에 의존하는 자가 아닌 것이다.

화들짝 놀란 림과 산이 혈겸을 막기 위해 필사적으로 우산과 방패를 휘둘렀다.

-콰카카캉!

"크으으윽!"

혈겸에 드리운 강기가 림과 산의 반탄강기를 때렸다.

목구멍까지 울컥 피가 올라왔지만 곧장 꿀꺽 삼켰다.

허나 그것은 시작에 불과했다.

변화무쌍하기 그지없는 혈겸의 움직임을 림과 산은 가까스로 따라잡을 뿐이다.

그런 루빙에게 풍과 화가 달려들었다.

좌우에서 그림 같은 협공으로 루빙의 목을 노렸다.

루빙의 눈동자에서 혈광이 번뜩였다.

혈겸을 다루는 오른손 대신 왼손을 들었다.

손가락이 독수리 발톱처럼 구부러지더니 화 쪽으로 쭉 뻗었다.

공기를 찢는 것만 같은 괴음과 함께 보이지 않는 기운이 쏘아졌다.

"헉!"

음경이 극도로 압축된 음강(陰罡)이다.

염왕성의 상승 소법인 음풍조(陰風爪)가 화의 육신을 찢어발기기 위해 날아들었다.

화는 필사적으로 도를 휘둘러 이를 막았지만 왼쪽 팔뚝이 길쭉하게 찢어지는 건 피할 수 없었다.

"커헉!"

어마어마한 경력이 기혈을 타고 침투한다.

버티지 못하고 검은 피를 한 움큼 토했다.

동시에 루빙은 풍의 검강을 어깨에 마름모 형태의 반탄강기를 형성에 위로 튕겨냈다.

이 모든 것이 찰나지간에 일어난 일이었다.

풍림화산은 루빙의 가공할 무위에 경악했다.

'이것이 지살칠십이숙!'

자운백팔대성 중에서도 대문파의 수장급, 혹은 후계자급이 아니고선 소속될 수 없는 천강삼십육장과 달리 지살칠십이숙은 쟁좌투를 통해 수시로 바뀐다.

그만큼 치열한 전장이다.

루빙은 지살칠십이숙 중 구병의 일원이 된 이래 수차례 쟁좌투를 벌였음에도 단 한 번도 자리를 내준 적이 없었다.

지난 수십 년간 은연중에 구병의 수장으로 무림에 공인받아 온 자가 바로 루빙이다.

그 무위는 과연 명불허전이었다.

풍림화산은 자기도 모르게 이를 갈았다.

신장룡 맹하후가 암살 위협을 당하는 오직 이 순간을 위해 키워진 자들이 바로 풍림화산이다.

그들 모두 자부했다.

역혈마공과 폭심단을 복용한 후 평생 합격술을 익혀온 풍림화산이 합공하면 초절정고수조차 참살할 수 있을 거라고.

착각이었다.

버티는 것조차 힘들다.
재능이란 이토록 불합리하다.
생명을 촛불처럼 태워가며 상대하고 있음에도 '진짜 고수'의 힘은 이토록 막강했다.
순식간에 풍림화산의 육체가 상처로 가득해졌다.
배 속은 기혈을 타고 파고든 경력에 썩어 문드러지고 있었다.
그럼에도 버텼다.
지금 이 순간이야말로 그들 인생에서 가장 찬란히 빛나는 순간이었으니까.
맹하후의 옆에서 그를 부축하고 있던 을지효의 눈빛이 차갑게 일렁였다.
'마치 불 속에 뛰어드는 부나방 같구나.'
을지효의 눈에 그들 모두 거대한 쇠사슬에 목줄이 매여 있는 걸로 보였다.
스승인 맹하후를 암살하려는 마라혈겸 루빙이나 스승을 지키기 위해 목숨을 서는 풍림화산이나 모두 자신을 위해 사는 자들이 아니었다.
거대한 체제.
그 굴레에 자신을 들어다 바치고 있었다.
'역겹다.'
자유.

을지효는 자유를 갈망했다.

'그 무엇에도 얽매이지 않고 자신의 뜻을 널리 펼칠 수 있으면 얼마나 행복할까.'

과연 자신의 소망을 이룰 수 있을까?

루빙과 풍림화산의 전투가 절정으로 치닫고 있는 바로 그때.

어두운 골목에서 조용히 모습을 드러내는 그림자가 있었다.

수신호와 함께 복면인들을 향해 수천 개의 철 조각이 쏟아졌다.

전면에 무병진을 펼치고 한창 제천무사와 혈투를 벌이던 복면인들은 뒤를 노리고 파고든 철 조각을 속절없이 몸으로 받아낼 수밖에 없었다.

"크윽! 암기!"

그때 복면인 한 명이 눈을 부릅떴다.

"이, 이건…… 독질려?"

사천당문을 대표하는 당문 팔대암기 중 하나.

독질려(毒蒺藜)였다.

동시에 복면인들이 울컥 검은 피를 토했다.

독질려에 세심히 발라져 있는 극독 때문이다.

허나 그것은 시작에 불과했다.

복면인들을 향해 암기가 비처럼 쏟아졌다.

서둘러 뒤쪽에 기막을 펼쳤지만 사천당문의 암기술은 이런 기막을 전문적으로 관통하는 특유의 내가기공이 내포돼 있었다.

그때였다.

살벌한 암기 세례 사이로 한 마리 핏빛 나비가 천천히 날갯짓했다.

아니, 그렇지 않다.

느려 보일 뿐이다.

실제로는 인간의 인지를 방해하는 기이한 움직임을 그리며 빛살처럼 쇄도했다.

-푹! 푹! 푹!

순식간에 핏빛 나비가 복면인 세 명의 육신을 꿰뚫고 지나갔다.

한 바퀴 선회한 핏빛 나비가 누군가의 손에 돌아왔다.

녹색 무복을 입고 손에는 노루 가죽으로 만든 장갑을 낀 실눈 사내였다.

실눈 사내는 칼날 같은 안광을 번뜩이며 복면인들을 쏘아보았다.

"염왕성의 버러지들이 감히 대고모님의 장례식에서 피를 보다니. 나 십지탈혼 당예가 사천당문의 명예를 걸고 네놈들을 모조리 잔살하겠다."

수많은 문파와 가문의 일원들이 노대부인 당문혜를 조

문하고 돌아갔다.

허나 오직 한 가문만은 끝까지 남아 자리를 지키고 있었다.

명문세가 중에서도 혈육을 끔찍이 아끼기로 유명한 사천당문이 바로 그곳이다.

사천당문은 당문혜의 조문을 위해 소가주를 파견했다.

당예가 바로 당대 사천당문의 소가주였다.

당예가 조용히 손짓하자 사천당문이 자랑하는 녹영병단 소속 녹영무사들이 암기를 뿌렸다.

개중에는 과거 좌굉선이 환신에게 사용했던 단혼사를 뿌리는 자들도 있었다.

시커먼 모래에 적중된 복면인이 비명을 질렀다.

"끄아아아아악!"

전신이 타들어가는 고통과 함께 검은 연기가 피어오르며 뼈와 살이 흐물흐물 녹아내린다.

그 광경을 본 견갑 복면인이 발작적으로 소리쳤다.

"막아!"

그러자 집행사자가 그를 비웃었다.

"어딜 가느냐! 더욱 맹렬히 공격하라!"

"존명!"

"크으윽! 빌어먹을!"

그렇게 복면인들은 제천무사에게 붙잡혀 뒤에서 날아오

는 암기를 고스란히 맞을 수밖에 없었다.

특히 당예의 활약이 무시무시했다.

그는 당문 팔대암기 중 탈혼비접의 달인으로 유명했다.

한 가지 더.

그는 초절정고수였다.

강기를 머금은 핏빛 나비가 허공을 선회할 때마다 생명이 하나씩 꺼졌다.

가공할 경력을 머금은 탈혼비접 앞에서 속수무책으로 목숨을 내줄 수밖에 없었다.

바로 그 순간.

저 멀리 대로에서 실로 강맹한 기파가 폭사하며 사위를 진동시킨다.

-두두두두!

푸른 기운이 하늘을 뒤덮었다.

"의기천추!"

"창궁무한!"

도합 천 명으로 구성된 창궁병단 출현이다.

"감히 남궁세가를 능멸한 마도의 종자를 참살한다!"

"존명!"

창궁무사들의 정수리에서 푸른 실이 모습을 드러냈다.

비단을 짜듯 하나로 모이며 창궁무병진이 전개됐다.

무적의 반탄강기로 무장한 창궁무병진 전면에 푸른 강

기로 이루어진 수백 개의 창이 모습을 드러냈다.

"죽어라!"

사천당문의 급습에 대열이 완전히 무너진 혈염무병진은 그대로 창궁무병진에 직격당했다.

푸른 강기에 찔린 복면인들의 육체가 그대로 증발했다.

상체가 통째로 증발한 복면인도 있었다.

스치기만 해도 육체가 엄청난 역량에 녹아내린다.

그야말로 무지막지한 돌격이었다.

"산개!"

동시에 창궁무병진을 이루는 창궁무사들이 그대로 혈염무병진을 이루는 반탄강기를 상쇄시키고 기막을 찢어발겨 내부로 침투해 창궁무애검법을 펼쳤다.

망치와 모루 사이에 낀 것마냥 앞뒤로 공격받고 심지어 하늘에선 암기가 비처럼 쏟아지자 복면인들은 속절없이 죽어 나자빠졌다.

허나.

진정한 공포는 창공에서 강림하고 있었다.

-씨이이이잉! 쿵! 쿵! 쿠쿠쿵!

대기를 찢는 굉음이 좌중의 고막을 때린다.

루빙이 퍼뜩 고개를 들고 하늘을 보았다.

-스팟!

바로 목을 옆으로 꺾었다.

-캉! 캉! 캉! 카카카캉!

그가 전면에 형성된 수십 장의 반탄강기가 한 자루 검에 의해 단번에 깨졌다.

-주르륵.

뺨을 타고 피가 흘러내린다.

그는 얼굴을 들어 위를 올려다보았다.

검을 밟고 서 있는, 역팔자 눈썹에 입을 굳게 다문 금관 중년인이 그를 내려다보고 있었다.

"루빙."

"남궁 선배."

그때.

루빙은 남궁천의 품에 안겨 있는 어린 소녀를 볼 수 있었다.

자기도 모르게 눈을 크게 떴다.

믿기지 않았다.

'……실패라고?'

신장룡 암살보다 더욱 공을 들인 게 남궁소소 암살이다.

비록 마도 고수이나 당당한 무인으로서 어린 소녀를 참살하는 게 영 내키지 않았다.

그럼에도 강행했다.

오직 대의를 위해.

헌데 실패하다니.

그는 입술을 깨물었다.

'……아까운 별 하나가 떨어지겠구나.'

남궁천이 루빙을 보며 말했다.

"루빙. 이해할 수 없다. 본좌가 천령의 경지에 오른 후 충분히 염왕성을 징벌할 힘이 있었다. 그럼에도 제천내각의 중재로 마음을 접지 않았는가. 헌데 감히 본가에 쳐들어와 내 딸과 맹숙의 목숨을 노려?"

남궁천의 전신에서 살벌한 기파가 터져 나왔다.

"마도의 개종자 중 흔치 않은 군자라 여겼거늘. 이리 패악 무도한 짓을 저지를 줄이야."

루빙은 수만 개의 침이 전신을 찌르는 듯한 감각에도 불구하고 눈 하나 깜짝하지 않았다.

초절정고수의 드높은 긍지가 대적을 앞두고 약한 모습을 보이는 걸 용납지 않았다.

설령 상대가 천령에 이른 절대고수라도 말이다.

"남궁 선배. 혓바닥이 길구려."

"……이놈이?"

"오시오. 남궁세가에서 피를 본 자를 그냥 내버려 둘 참이오?"

남궁천의 눈썹의 각도가 극도로 날카로워졌다.

분노가 극에 달한 것이다.

"오냐. 네놈의 사지를 갈가리 찢어발겨 주마."

루빙은 피식 웃으며 말했다.

"오래전부터 생각했소. 과연 천령의 절대고수는 얼마나 강할지. 가르침을 내려주시겠소?"

"좋다!"

루빙은 강기를 쭈욱 뽑아내 휘둘렀다.

허나 이미 남궁천은 그곳에 없었다.

어검비행으로 순식간에 자리를 벗어난 것이다.

창궁무사 수십 명이 달려오자 남궁천은 그들에게 남궁소소를 맡겼다.

남궁천은 고개를 돌려 환신을 보고 말했다.

"소년 무사 환신. 본좌와 루빙의 생사결에서 무엇을 얻든 그건 모두 네 운이고 재능이다."

"예!"

"가라!"

환신은 그대로 허리끈을 놓고 지상에 사뿐히 착지했다.

그 순간.

남궁천의 신형이 사라졌다.

-쩡!

엄청난 굉음이 터져 나왔다.

남궁천과 루빙이 격돌한 것이다.

환신은 눈을 부릅떴다.

눈동자에 기이한 빛이 일렁였다.

기린안 발동이다.

'이걸론…… 부족해!'

기린안에 태양신경총을 융합시켰다.

그러자 겨우 보이기 시작했다.

천령의 절대고수와 초절정고수가 벌이는 생사결이 말이다.

'……미친! 무슨 영화를 10배속으로 돌리는 거 같잖아!'

-우르르릉!

남궁천의 검에서 강렬한 뇌음과 함께 푸른 전류가 빗발쳤다.

남궁세가 직계만이 익힐 수 있는 섬전십삼검뢰(閃電十三劍雷)를 펼쳤을 때 일어나는 현상이었다.

사방으로 뻗어 나가는 뇌인(雷刃) 하나하나가 모두 강기다.

수백 개의 강기 다발!

루빙은 미친 듯이 강기 다발을 쳐냈다.

혈겸 하나론 모자랐는지 허리춤에서 하나 더 꺼내 쇠사슬에 부착하고 양손으로 쌍겸을 휘두르며 맞섰다.

"크흑!"

루빙의 쌍겸에서 붉은 강기가 구름처럼 일어났다.

쌍겸이 기이하게 움직이며 고절하기 짝이 없는 초식으로 뇌인을 하나하나 깨부쉈다.

허나 공간 그 자체를 점하는 뇌전의 칼날이 지닌 파괴력에 계속해서 뒤로 밀렸다.

환신은 문득 사자성어 하나를 떠올렸다.

당랑거철(螳螂拒轍).

사마귀 한 마리가 주제도 모르고 거대한 수레를 멈추려 한다.

하필 쌍겸이 사마귀 앞다리를 연상시켜 더욱 그랬다.

그 순간.

-찌이이잉!

"아."

두 남자가 만들어가는 장면은 그야말로 아름다움의 극치였다.

눈꽃처럼 피어나는 푸른 뇌인.

벚꽃처럼 흐드러진 붉은 구름.

누가 더 아름다운지 경쟁이라도 하는 듯한, 미의 극한이었다.

남궁천과 루빙 두 남자 사이에서 피어오르는 영기의 흐름과 섬세하기 그지없는 초식이 향연이 기린지재를 자극했다.

깨달음이 봇물 터지듯 밀려온다.

'……게임이었으면 지금쯤 깨달음 스탯이 미친 듯이 올라가고 있었겠지?'

허나 이곳은 현실이다.

손가락이 빠르게 움직이며 그들이 만들어가는 아름다운 예술을 모방한다.

뇌와 육체가 활짝 열려 깨달음을 한껏 받아들였다.

깨달음이 역대급 무공 천재를 시시각각 전혀 다른 존재로 탈바꿈시킨다.

이 세상 그 어떤 쾌감도 지금 느끼는 황홀경에 비하면 발끝에도 미치지 못하겠지.

남궁천이 루빙에게 강렬한 뇌기를 머금은 발길질을 날렸다.

-깡! 깡! 까가가가강!

전면에 수십 장의 반탄강기를 구축했지만 단숨에 깨져 나가며 복부를 걷어차였다.

-콰르르르릉!

"크으으윽!"

전신이 전류에 휩싸인 채 대로변의 건물 십여 채를 박살 내고 날아갔다.

뇌기로 인해 잔해에서 불길이 치솟았다.

사뿐히 착지한 남궁천이 여유로운 모습으로 뒷짐을 진 채 불길 너머를 응시했다.

-쾅!

건물 잔해 속을 헤치며 옷이 시커멓게 타고 전신에 화상을 입어 상체 이곳저곳이 수포로 뒤덮인 루빙이 모습을 드러냈다.

그의 얼굴이 악귀처럼 일그러져 있었다.

루빙이 분노에 가득 차 외쳤다.

"검제 남궁천! 어찌 내게 이런 모욕을 줄 수 있단 말이냐!"

그 말에 남궁천이 빙그레 웃으며 말했다.

"모욕이라. 무슨 말을 하는지 모르겠구나."

"진지하게 싸워라! 나 루빙을 얼마나 우습게 봤으면 이리 나온단 말이냐!"

남궁천이 싸늘한 눈빛으로 루빙을 응시하며 입을 열었다.

"너 따위가 뭐라고 진지 타령이냐."

"뭣이?"

서로의 눈을 뚫어져라 보는 남궁천과 루빙.

곧 남궁천이 피식 웃으며 말했다.

"걱정 마라. 이제 보답도 할 만큼 했으니. 제대로 상대해 주마."

환신은 남궁천이 무슨 말을 하고 있는지 단번에 깨달았다.

'내가 알아먹을 수 있는 수준으로 검초를 전개하고 있었구나!'

천령의 절대고수가 펼치는 진신 무공은 아승기의 세계를 노닌다.

절정의 경지로는 제대로 인지조차 불가능했다.

고수가 하수를 지도 대련하듯 그렇게 루빙을 상대하며

환신이 깨달음의 조각을 붙잡을 수 있게 배려한 것이다.

덕분에 깨달음의 폭풍 속에서 극상의 황홀경을 맛봤으니 제대로 보답한 셈이었다.

'……남궁천 저 양반. 생긴 거랑 다르게 은근 꼼꼼한데?'

허나 그것도 이제 끝이다.

"마라혈겸 루빙. 본 세가에서 난장을 피워 본좌의 분노를 산 대가를 치르라."

남궁천의 전신에서 푸른 전류가 폭발적으로 뿜어지기 시작했다.

"……천뢰제왕신공(天雷帝王神功)!"

하늘에 먹구름이 드리운다.

천뢰제왕신공이 불러들인 것이다.

구름 사이로 번개가 내리쳤다.

-쿠르르릉! 쿠쾅!

-파지직!

그의 눈에서 푸른 전류가 번뜩인다.

뇌신을 연상시키는 위용이었다.

남궁천이 검에서 물경 5장(17m)에 이르는 무지막지한 길이의 푸른 검강이 쭉 뽑혀 나왔다.

천뢰강기였다.

-우르르릉! 쾅!

하늘에서 뇌전이 남궁천에게 내리꽂혔다.

그리고.

남궁천이 마치 순간이동이라도 한 것처럼 루빙의 후면 10장(33m) 밖에서 솟아났다.

그렇다.

솟아난 것이다.

그럴게밖에 설명할 수 없었다.

이 자리에 있는 그 누구도 남궁천의 움직임을 보지 못했다.

허나 그 결과는 무시무시했다.

-카칭!

루빙이 혈겸이 산산이 부서졌다.

동시에 그의 왼팔과 왼 다리가 하얀 재가 되어 부스스 떨어져 내렸다.

남궁천이 몸을 돌려 루빙에게 말했다.

"놀랍군."

"……무엇이 말이오."

"본좌의 제왕검형(帝王劍形)을 피하다니."

루빙이 피시 웃으며 말했다.

"이 꼴을 보고도 그런 말이 나오시오."

"일 검에 네놈을 재로 만들려 했거늘. 반신으로 그치지 않았느냐."

"……노력했소."

오직 무를 향한 궁구로 가득한 눈으로 그리 말했다.

"노력하고 또 노력했소. 삼천경의 벽을 넘기 위해. 남궁 선배를 비롯해 팔대명왕과 동등한 경지에 이르기 위해 노력했소."

"그 시간들을 후회하는가?"

"천만에. 나는 지금…… 이 땅에 태어나서 가장 큰 환희를 맛보고 있소."

루빙이 크게 소리쳤다.

"들어라!"

-들어라. 들어라. 들어라…….

초절정고수의 육합전성이 장내에 있는 모든 무인의 귀에 꽂혔다.

홀린 듯 병기를 휘두르는 걸 멈추고 루빙을 바라보았다.

루빙의 음성에 깃든 무혼(武魂)에 감화된 것이다.

그가 외쳤다.

"무인들이여! 이것이 무림이다! 강자에게 도전하고, 칼끝을 걸으며 끝없이 전율하는 것! 길들여지지 마라! 떼로 몰려다니지 마라! 너희는 무의 길을 걷는 무인이다! 그 길에 정(正)도 마(魔)도 그저 덧없을 뿐! 거짓된 무림에서…… 깨어나라!"

장엄하기까지 한 루빙의 절규에 정도와 마도라는 허울을 넘어 장내의 무인 모두의 가슴에 깊은 울림을 심어주었다.

루빙의 말은 시대착오적인 낭만주의에 불과할지도 모른다.

허나.

그래서 그 울림이 더욱 크고 깊었다.

처음 주먹을 휘두르고, 발을 내지르며, 마보의 고통을 견디고, 가부좌를 틀어 운기조식으로 무공 수련을 시작한 순간.

모두의 가슴에 낭만이 있었다.

열정으로 가득했다.

까마득하기만 한 그 시절이 떠오른다.

루빙이 말했다.

"남궁 선배. 결판을 내겠소."

남궁천은 복잡한 눈빛으로 루빙을 응시했다.

"루빙. 본 세가의 식솔을 학살하고 내 딸의 목숨마저 노렸거늘 네놈은 정말이지…… 인정할 수밖에 없구나. 진정한 무인임을 말이다. 안타깝도다. 어찌 마도에 투신해 본좌와 칼을 맞대게 됐단 말인가."

루빙이 찬란한 미소와 함께 입을 열었다.

"고향 마을 근처에 염왕성이 있었기 때문이오."

남궁천은 멍하니 루빙을 보았다.

허나 곧 참지 못하고 크게 웃음을 터뜨렸다.

"푸하하핫! 고향이 남궁세가 근처였으면 본 세가에 투신했을지 모를 일이군!"

"그랬을지도."

고개를 절레절레 저은 남궁천이 눈을 빛냈다.

"좋다. 경의를 담아 전력을 다해주마."

"고맙소."

"그럼…… 간다."

남궁천의 신형이 꺼지듯 사라졌다.

아승기의 세계에 진입한 것이다.

바로 이 순간.

왼팔, 왼 다리를 잃어 전투력이 급감한 극한 상황임에도 불구하고.

극도로 고양된 심기체가 완전히 합일해 루빙을 새로운 경지로 이끈다.

깨달음의 순간이었다.

'……보인다.'

남궁천의 동공 움직임에 따라 철검이 집채만 한 뇌전을 일으키며 공간을 집어삼켰다.

거기서 끝이 아니다.

복잡한 선을 그리며 밤하늘의 천체마냥 기하급수적인 투로의 흐름으로 찔러 들어왔다.

고절하기 짝이 없는 목어검(目御劍)의 경지.

남궁천이 폐관에 들었던 이유가 바로 이것이다.

수어검에서 목어검으로의 진화.

완벽한 도약이다.

피할 수 없다.

'그럼 공격할 뿐이다.'

혈겸을 모두 잃었으니 남은 건 쇠사슬뿐.

루빙이 손가락을 들었다.

-차르르륵!

핏빛 강기를 머금은 쇠사슬이 파르르 떨더니 남궁천을 향해 쏜살같이 날아갔다.

수어검(手御劒)이었다.

남궁천의 동공이 커졌다.

-콰르르르릉!

천둥 치는 소리와 함께 남궁천이 루빙의 뒤에서 모습을 드러냈다.

잠시 말이 없는 두 남자.

남궁천이 입을 열었다.

"넘었는가."

"그렇소."

"실로…… 훌륭하다!"

-파짓!

남궁천의 뺨에 작은 생채기와 함께 피 한 방울이 흘러내렸다.

허나 곧 흔적조차 남기지 않고 수복됐다.

2차 환골탈태.

용린의 공능 덕분이다.

그의 얼굴이 어두워졌다.

"안타깝구나. 죽고 죽일 수밖에 없는 본좌와 네 모습이."

"그것 역시 무림이오. 내가 사랑하는…… 무…… 림."

하나 남은 다리가 재가 되어 무너져 내렸다.

이윽고 하반신이, 복부가 부서졌다.

그리고.

새로운 세계를 온몸으로 만끽한 기쁨에 싱그러운 미소를 짓던 머리가 재가 되어 바람결에 쓸쓸히 날아갔다.

마라혈겸 루빙의 최후였다.

잠시 눈을 감았다 뜬 남궁천이 외쳤다.

"남궁세가의 무인들이여! 마도의 무리를 모조리 참살하라!"

"가주의 명을 받듭니다!"

사기가 극도로 오른 창궁병단과 당예가 이끄는 녹영병단이 복면인들을 학살했다.

집법사자와 제천무사들은 재빨리 뒤로 빠져 맹하후를 호위했다.

빠르게 전장이 정리되고 있었다.

환신은 토막 난 인간의 시체로 가득한 장내의 모습에 속으로 욕지기를 느꼈다.

하지만 꾹 참았다.

이것이 앞으로 자신이 살아갈 세계였다.

이미 수십의 목숨을 개금비로 거두지 않았던가.

'약한 모습 보일 수 없잖아.'

그때였다.

"얻었느냐?"

화들짝 놀라 옆을 보니 환신보다 머리 하나는 더 큰 남궁천이 홀연히 서 있었다.

"얻었느냐고 물었다. 설마 본좌가 헛수고를 한 것이냐?"

"아, 아닙니다! 깨달음! 깨달음 얻었습니다."

"흥! 당연히 그래야지."

환신은 생각했다.

'……역시 낯설어.'

피에 미쳐 일절 대화가 통하지 않던 광검제와 이렇게 대화를 나누고 있다니.

'말이 아예 안 통해서 결국 떼로 몰려가 죽이는 경우가 대부분이었는데. 신기하네.'

상상조차 못 했던 일이다.

"끝났군."

남궁천의 말대로였다.

마지막 남은 복면인의 몸이 토막 났다.

이로써 합비에서 벌어진 혈전은 남궁세가 측의 압승으로 끝났다.

허나 모든 일은 이제부터 시작이었다.

"소년 무사 환신."

"예."

"너를 본가의 귀빈으로 대접하겠다. 내원에 머물라."

도저히 거절할 수 있는 분위기가 아니었다.

"가, 감사합니다!"

"본가는 은원을 목숨같이 여긴다! 그뿐이다! 흥!"

콧방귀를 뀌며 고개를 돌리는 남궁천.

'……역시 이 아저씨 이상해.'

그런 생각을 할 때였다.

문득 한 가지 의문이 들었다.

'본래 죽어야 될 소소를 구했는데 별거 없네?'

뭔가 변화가 있을 줄 알았는데 아무 일도 없었다.

조금 실망스러웠다.

하지만.

모두가 경악할 수밖에 없는 대사건이 벌어진 건 바로 다음 순간이었다.

"……응?"

어두운 골목에서 한 사람이 걸어 나왔다.

–뚝. 뚝. 후두둑!

땅에 찐득한 피가 떨어진다.

비틀거리며 걸어오는 자의 얼굴을 본 창궁무사의 안색이 새하얘졌다.

그럴 수밖에 없었다.

"대, 대공자!"

일대검룡 남궁옥의 가슴에 붉은 혈겸이 꽂혀 있었다.

"옥아!"

남궁천이 순식간에 남궁옥 옆에 나타나 그를 껴안았다.

"옥아! 옥아!"

서둘러 남궁옥의 몸에 진기를 도인했다.

남궁천의 얼굴이 창백하게 굳어졌다.

심장이 완전히 부서지고 기혈이 가닥가닥 끊어졌다.

봉침구명, 아니, 대라신선이 와도 살릴 수 없는 것이다.

여기까지 온 것만 해도 기적이었다.

"아, 아버님……."

"으으으! 으, 으아아아악!"

남궁천이 절규했다.

환신은 그저 멍하니 그 광경을 지켜볼 수밖에 없었다.

'남궁옥이…… 죽는다고?'

99회차 동안 예외 없이 마지막의 마지막 순간까지 살아남아 활약한 남궁옥이?

그때.

오직 환신만이 볼 수 있었다.

'……웃어?'

잠시 잠깐 남궁옥의 입가를 스치고 지나간 미소.

꿈틀하며 말아 올려진 입술 말이다.

순간 가슴이 서늘해졌다.

'서, 설마…… 설마……?!'

자결?

'그렇다는 건 남궁옥이…… 청류무사라고?!'

항상 제천사의 편에서 가장 앞장서서 싸우던 남궁옥이?

그 모든 게 연기였다고?

불현듯 머릿속에 남궁옥이 참여한 전투에서 패했던 순간들이 스쳐 지나갔다.

한 번씩 말도 안 되는 패배를 경험하곤 했지.

'……청천!'

남궁세가 대공자를 세뇌하다니.

그리고 그 사실을 99회차 썩은물인 자신이 눈치채지 못할 정도로 은폐하다니!

정말…… 무서운 놈들이었다.

아니, 그들이 천하에 푸는 독.

그 사상이 진정 무서웠다.

'남궁소소가 살고, 남궁옥이 죽었다.'

앞으로 무슨 일이 벌어지게 될까?

한 치 앞도 가늠할 수 없다.

자신이 알고 있던 큰 그림이 어그러지기 시작한 것이다.

'하지만…… 변화를 두려워해선 안 돼!'

한 번도 걷지 않은 길을 걸어야 달성할 수 있다.

업적도 100%.

무림일통을 말이다.

그렇게 생각한 순간.

환신의 눈앞에 아지랑이 피듯 무언가 천천히 모습을 드러냈다.

[99

[99.0

[99.01%]

등골을 타고 전율이 흘렀다.

지난 몇 년의 시간 동안 그토록 보고 싶던 걸 드디어 보게 됐다.

만감이 교차하지 않으면 거짓말이겠지.

하지만.

환신의 입에선 결코 좋은 소리가 나오지 않았다.

"……짜네. 소금이냐, 시발?"

어쩐지 눈물이 나올 것만 같은 기분이었다.

10장
강림

북경에서 고작 이백여 리(90~100㎞) 떨어진 곳에 경동제일산 반산이 위치해 있다.

자욱한 운무를 뚫고 반산 깊은 곳에 진입하면 산기슭을 따라 건설된 웅장한 건축물을 목격하게 된다.

9,999칸에 달하는 엄청난 규모의 전각 상당수는 천하에 존재하는 대부분의 문파에서 파견한 대사와 유세객, 해당 문파의 무사들이 차지하고 있었다.

스스로를 보호하고 유사시 제천내각의 명에 따라 병단을 편성할 무사들이 거주하기 위한 필수적인 조치였다.

그런 전각의 군집을 둘러싸고 있는 대규모 주둔지가 존재했다.

제천맹 총단을 수호하는 절대적인 힘.

제천무적근위병단의 주둔지였다.

오직 천지혈에 든 제천맹주 묵시천존에 대한 충심으로 무장한 광신도 집단.

그것이 바로 제천무적근위병단이다.

사방이 기문진의 대가인 맹하후가 직접 설치한 진법과 기관진식으로 둘러싸여 철옹성이나 다름없으니 감히 범접할 엄두조차 내지 못했다.

천하에서 가장 위험한, 용담호혈이라 해도 과언이 아닌 곳이 바로 이곳 제천맹 총단이었다.

그야말로 자금성의 목구멍을 찌르는 칼날과 같은 형세다.

이런 제천맹 총단에서도 가장 높은 곳에 위치한 작은 봉우리가 있었다.

그곳에 거대한 규모의 누각이 자리 잡고 있다.

헌데 특이한 점이 한 가지 있었다.

누각 전체가 마치 노을처럼 자줏빛인 것이다.

남만에서만 난다는 혈장목을 특별히 배합한 시료에 푹 담그면 색이 빠져 은은한 자색 목재가 되는데, 이를 자염목이라 불렀다.

값비싼 혈장목을 고가의 시료에 담가 고도의 처리 과정을 거쳐 생산한 자재로 누각을 쌓았으니.

그야말로 천만금짜리 누각이었다.

강호에선 이 누각을 자운각(紫雲閣)이라 불렀다.

자운각 안으로 들어가면 보이는 거라곤 중앙에 있는 거

대한 청동화로와 사방에 걸린 초상화뿐이다.

좌측에는 금으로 만든 명패에 별호와 이름이 새겨진 36인 초상화가.

우측에는 은으로 만든 명패와 함께 72인의 초상화가 걸려 있다.

이 초상화의 주인공들이 바로 천하에 이름 높은 자운백팔대성이다.

자운각에 자신의 초상화가 걸리는 것.

제천맹 천하에서 비할 바 없는 명예이며 무인이 누릴 수 있는 유일한 낭만이었다.

자운백팔대성은 당금 강호 최고의 유명인으로 그들의 일상에 대한 관심이 지대해 제천순보는 그들에 대한 신변잡기로 넘쳐났다.

아예 자운백팔대성을 전담해 따라다니는 제천순구가 있을 정도.

자신의 좌(座)를 걸고 쟁좌투라도 벌어지면 강호 전체가 들끓을 지경이었다.

그런 자운각을 관리하는 자는 강호에서 명망 높은 고죽선생이다.

평소처럼 시비들을 닦달하며 자운각에 쌓인 먼지를 털고 닦던 꼬장꼬장한 인상의 고죽선생에게 제천무사 한 명이 다가왔다.

"대인."

"음? 무슨 일인가."

그가 말없이 죽통을 내밀었다.

고죽선생은 뚜껑을 열고 안에 든 서신을 읽었다.

그의 눈이 커졌다.

"이럴 수가. 합하께서 무사하셔서 무엇보다 다행이구나."

"옳은 말씀이십니다."

"……그럼 노부는 할 일을 해야겠군."

고죽선생은 좌측으로 걸어가 초상화 하나를 떼어냈다.

곧장 우측으로 가 마찬가지로 벽에 걸린 초상화 하나를 내렸다.

천천히 자운각 중앙의 화로 쪽으로 걸음 하는 고죽선생.

화로 앞에 선 그는 두 초상화를 망설임 없이 화로 안으로 던졌다.

-화르르르륵!

숯의 뜨거운 열기에 순식간에 타오른 초상화가 재가 되어 허공으로 날아올랐다.

재는 바람을 타고 반산의 운무 속으로 사라졌다.

허허로운 눈빛으로 그 광경을 지켜보던 고죽선생이 중얼거렸다.

"천강성과 지살성의 빛이 동시에 떨어지다니. 실로 난세의 징조로다."

코끝에 진한 피비린내가 느껴졌다.
천하대란이 시작되려 하고 있었다.

❁

"푸하하핫! 환 형제! 정말 대단하구만! 검제의 금지옥엽을 구원하다니! 덕분에 남궁세가 내원에도 다 들어와 보고! 이 산해진미는 또 어떻고! 과연 천하제일세가로 명성 높은 남궁세가의 품격이 느껴지지 않는가?"
"……뭐 맛은 좋네요."
"추씨네 둘째! 술맛이 어떤가!"
"아주 훌륭합니다!"
"남궁세가에선 딸이 태어나면 술을 담가 땅에 파묻은 후 출가시킬 때 혼례식에서 뚜껑을 따는데, 이게 바로 그 유명한 여아홍일세! 천하제일세가답게 남궁세가의 혼례에는 셀 수 없이 많은 하객이 방문하는데 그들을 대접하기 위해 한 번에 수천 동이를 담그지! 그중 한 동이를 내준 걸 보니 완전 귀빈 대접이야!"
"오오! 그렇게 귀한 술이!"
추서가 사발에 여아홍을 따라 꿀꺽꿀꺽 들이켰다.
"크으! 금존청 못지않군요!"
"푸하하핫! 당연하지!"

"……."

물론 다들 고생했다.

하지만 죽을 고비를 수차례 넘기고 기어코 남궁소소를 구한 건 환신 자신이었다.

광동삼살과 두파는 남직례 출신 낭인들을 이끌고 잔당 소탕에 힘을 보탠 정도랄까.

그 와중에 복면인 머리 하나 씩 계산해서 은원보를 두둑이 받아 챙겼으니 과연 낭인 중에서도 손에 꼽히는 수완가다운 솜씨였다.

그때 추룡이 진지한 얼굴로 입을 열었다.

"실로 충격적인 사건이 아닐 수 없습니다. 비록 남궁세가의 압승으로 끝났지만 남궁세가 무사들이 줄초상을 치렀으니 대혈사가 아닐 수 없지요. 특히 일대검룡 남궁 대공자는……."

환신을 비롯해 모두 입을 다물고 고개를 끄덕였다.

확실히 엄청난 사건이었다.

남궁세가 한복판에서 마도의 무리가 분탕을 치고 기어코 남궁세가 대공자를 살해한 대혈사.

'남궁옥이 죽었을 때만 해도 완전 쫄았지.'

괴물 같은 신위로 천령의 절대고수가 어떤 존재인지 모두의 뇌리에 똑똑히 각인시켜 준 검제 남궁천이다.

특히 환신이 느낀 공포는 상당했다.

'광검제가 신경 거슬린다고 죽여 버린 정도 측 초절정고수가 몇 명인데.'

검제가 광검제라 불리게 된 이유였다.

마도와의 전쟁에서 방해되면 같은 편도 용서하지 않는 미친 광기가 바로 그것이다.

아니, 심기를 거스르기만 해도 가만 놔두지 않았다. 코나 귀는 물론이고 팔까지 잘려 나간 자들이 사방에 널렸다.

원한이 켜켜이 쌓였다.

허나 누가 감히 천령의 절대고수에게 잘못했다 지적할 수 있을까.

그것도 미친놈의.

고양이 목에 방울 달기나 마찬가지였다.

물론 결국 쌓이고 쌓인 원한 때문에 언제나 비참한 최후를 맞이하게 되지만.

아무튼 그래서 쫄았다.

다시 한번 광검제를 영접할지도 모른다는 생각에 말이다.

하지만 그렇지 않았다.

남궁옥의 시신 앞에서 절규하던 남궁천은 곧 냉정을 되찾고 창궁무사들에게 상황을 수습하라고 명했다.

그리고 남궁옥의 시신을 앞에 두고 엉엉 울던 남궁소소를 데리고 내원으로 돌아갔다.

그때 깨달았다.

남궁소소와 남궁옥의 차이를 말이다.

남궁옥이 비록 남궁천의 적자이며 후계자지만 일가를 이룬 무인이다.

심지어 초절정고수.

언제든 죽을 수 있는 전투원이었다.

무슨 일이 벌어질지 모르는 무림이다. 남궁천의 심중에 남궁옥의 죽음은 언제나 상수였을 것이다.

각오가 돼 있다는 의미다.

하지만 남궁소소는 아니었다.

고작 여덟 살밖에 안 된, 가장 사랑하는 막내딸.

그런 막내딸이 비참하게 죽었다.

충분히 미칠 만한 일이다.

"그래도 역시 검제는 검제야. 빠르게 상황을 수습하고 장례를 주관하고 있으니. 그 와중에 자신의 딸을 구한 환형제도 챙기고."

"그러게요."

한참 식사를 하며 대화를 나눌 때였다.

시중을 들던 시비가 다가와 물었다.

"더 필요하신 게 있으신가요?"

두파가 고개를 끄덕이며 말했다.

"혹시 제천순보 있으면 가져오게."

"예. 준비하겠습니다."

"고맙군."

환신과 광동삼살 삼형제가 눈을 끔뻑끔뻑 뜨고 자신을 보자 두파가 씨익 웃었다.

"자고로 깨어 있는 낭인이라면 제천순보를 통해 세상 물정 돌아가는 걸 꾸준히 살펴야지. 그래야 분쟁이 벌어진 곳을 선점해 콩고물을 얻어먹는 법이야."

두파의 말에 속으로 혀를 찼다.

'어쩐지 두파 이 인간, 온갖 곳에 귀호단 끌고 돌아다니면서 빠지지 않고 얼굴 들이밀더라니. 다 이유가 있었네.'

시비가 제천순보를 가져왔다.

두파는 느긋한 얼굴로 제천순보를 펼쳤다.

"낭인 중에 까막눈이 9할 9푼쯤 되지. 허나 나 귀호도 두파는 소싯적 학문에 심취한 나머지 무려! 글을 읽을 줄 안다는 말씀. 그야말로 낭인 중에서도 최고 수준의 지적 능력을 사랑한다네."

"저도 글 읽을 줄 아는데요?"

"크흠. 그, 그렇군."

무안한 나머지 다시 제천순보로 시선을 가져가는 두파였다.

그때.

두파가 눈을 부릅떴다.

"헉!"

손을 흔들어 환신과 광동삼살을 불렀다.
"무슨 일이에요?"
"여기! 1면을 한번 보게!"
뭔가 싶어 두파의 손가락이 가리키는 곳을 읽어 내려갔다.
"헐?!"
환신과 광동삼살 역시 경악할 수밖에 없었다.
왜냐하면…….

-제천사, 염왕성 강습!

한 가지 더.
모두의 눈길을 사로잡는 문구가 있었다.

-제천사 좌총령 십전홍예 율약벽, 출격!

염왕성 서열 5위.
염왕성 소성주 염왕적자(閻王笛子) 우문각이 이끄는 염왕병단은 마라혈겸 루빙의 마라병단을 능가하는 염왕성 최정예다.
우문각 역시 초절정고수로 비록 자운백팔대성에 이름을

올리진 못했지만 곧 쟁좌투를 벌여 지살칠십이숙의 일좌를 가져올 예정이다.

그런 우문각에게 비천십이룡은 눈엣가시 같은 존재였다.

같은 후기지수이건만 어찌 자신의 머리 꼭대기에 있을 수 있단 말인가!

드높은 자존심이 이를 용납지 않았다.

하여 우문각은 공공연히 떠들고 다녔다.

언제고 비천십이룡의 명성이 허명임을 증명할 것이라고.

충분히 그리 생각할 만했다.

우문각 역시 서른이 채 되지 않은 나이에 초절정의 경지를 돌파한, 천재적인 재능과 천고의 무골을 지녔으니까.

허나 그는 알지 못했다. 세상에는 천재조차 가늠할 수 없는, 불가해의 천재가 존재함을 말이다.

자색 전류가 폭풍처럼 대지를 휩쓸었다.

동시에 자선으로 이루어진 손 그림자가 날아들었다.

-푸확!

북 터지는 소리와 함께 염왕병단의 꼭짓점에서 질주하던 우문각이 달리던 속도보다 더 빠르게 뒤로 튕겨 나갔다.

"크악!"

목구멍까지 피가 차올랐지만 애써 꿀꺽 삼켰다.

끔찍할 정도로 무시무시한 위력의 장력이다.

전뢰신기 제1식 분뢰수(奔雷手)상의 장법인 뇌벽격공장

(雷霹隔空掌)이었다.

우문각은 천근추 신법으로 자세를 바로 세운 후 곧장 염왕성주의 독문무공인 염왕혈영마공상의 혈음지(血陰指)를 쏘아 보냈다.

모든 것을 녹여 버리는 시뻘건 강기가 번개처럼 쏘아졌다.

허나.

'제천' 세계관상에서 가장 빠른 보신경으로 공인된 섬전행(閃電行)은 접근 자체를 용납지 않았다.

-위잉!

율약벽의 신형이 자색 전류를 남기고 아지랑이처럼 일렁이며 사라졌다.

우문각은 눈을 부릅떴다.

'보지 못했다!'

그도 이형환위를 펼칠 수 있었다.

헌데 어찌 율약벽의 움직임이 눈에 들어오지 않는단 말인가!

순간.

고수의 위기 감지 능력이 미친 듯이 경고했다.

이대로 멍하니 정신 놓고 있으면 죽는다고!

곧장 철판교 신법으로 허리를 최대한 꺾었다.

그리고 볼 수 있었다.

눈앞을 스치고 지나가는 다섯 줄기 자전의 칼날을.

만물을 자비 없이 자르는 전뢰신기 제1식 분뢰수상의 조법.

뇌명조(雷鳴爪)가 일으킨 단분자 칼날이 염왕병단이 펼친 벌집 모양 반탄강기를 갈기갈기 찢어발기고 염왕무사들을 단숨에 썰어버리는 무시무시한 광경을 말이다.

그리고.

이 모든 광경을 차가운 눈으로 응시하는 은발벽안에 봉황보의를 입은 신비로운 미녀의 소름 돋는 위엄까지.

'이런…… 미친!'

눈과 눈이 마주쳤다.

율약벽의 눈에서 자색 전류가 폭사했다.

동시에 그녀 주위를 회전하는 용이 양각된 구슬.

뇌룡탄이 전자기로 이루어진 사로를 따라 전류를 머금은 채 쏘아졌다.

전뢰신기 2식 공뢰(空雷) 작렬이다.

-씨융! 씨융! 슝슝!

무려 1장(3.3m)에 달하는 강기를 머금은 일곱 개의 뇌룡탄이 음속의 5배에 달하는 속도로 사출됐다.

'……죽는다!'

본능적으로 금리도천파 신법을 펼쳐 허공에서 잉어처럼 수차례 몸을 튕겼다.

뇌룡탄이 아슬아슬하게 몸을 스치고 지나갔다.

자색 전류가 그대로 염왕무병진의 반탄강기를 꿰뚫었다.

뇌룡탄이 지나간 자리를 따라 염왕무사들의 육체가 터지거나 엄청난 열량에 탄화돼 가루가 돼버렸다.

허나 우문각의 고난은 이제 시작에 불과했다.

염왕병단 내부를 쭉 관통한 뇌룡탄이 일순 멈칫 하더니 원형의 형태를 이루었다.

뇌룡탄을 따라 방금 전 선보인 뇌명조의 그것과 완벽히 동일한 단분자 칼날이 모습을 드러냈다.

원형의 단분자 칼날을 형성한 뇌룡탄이 빙글빙글 회전하며 염왕무병진을 관통했던 궤적 그대로 되돌아왔다.

다시 한번 수십에 달하는 염왕무사가 토막났다.

허나 진짜 목표는 바로 우문각이었다.

"이익!"

화들짝 놀란 우문각이 오른손으로는 평생 수련한 마환장법을, 왼손으론 혈음지를 연속해서 내질렀다.

-쾅! 콰카카캉! 콰캉!

강기와 강기의 충돌 여파로 사방에 무지막지한 경력이 뿌려지자 주변의 염왕무사들이 기혈이 진탕돼 피를 토했다.

우문각의 공세에 뇌룡탄이 형성한 원형의 단분자 칼날이 해체되더니 허공으로 뿔뿔이 흩어졌다.

하지만.

율약벽의 공세는 이제 시작에 불과했다.

섬전행으로 한순간 우문각에게 접근해 뇌벽장을 내질렀다.

우문각은 자신의 옆구리를 노리고 번개처럼 날아드는 율약벽의 장력에 마주 마환장법상의 초식에 따라 일장을 뿌렸다.

-쿠쾅!

그것이 시작이었다.

찰나지간 수십 초의 공방이 오갔다.

서로의 반탄강기, 나아가 피부 위에 얇게 형성된 최후의 방벽, 호신강기까지 찢어발길 기세로 초수를 교환했다.

우문각은 쉴 새 없이 뒤로 밀렸다.

자기도 모르게 피가 나도록 입술을 깨물었다.

'이년의 초수가 나보다 몇 수 위다!'

무림고수 간의 초수 교환은 바둑의 그것과 같다.

자비 없이 상대의 빈틈을 파고드는 숨 막히는 대국.

오직 실력이 전부인 세계다.

우문각은 드높은 천상에서 자신을 찍어 누르는 율약벽의 환상을 보았다.

그만큼 크고 깊은 격차였다.

바로 그때.

허공에 모습을 드러낸 뇌룡탄을 따라 길게 전뢰신기상의 강기공인 전뢰환원강기가 쭉 뽑혔다.

동시에 뇌룡탄이 우문각에게 쏘아졌다.

"이런 미친!"

안 그래도 초수에서 밀리는데 뇌룡탄까지 밀고 들어오자 다시 한번 죽음의 공포를 느꼈다.

이건 답이 없었다.

"소성주!"

염왕무사들이 득달같이 달려들었다.

무병진이 흐트러지는 것 따위 신경도 쓰지 않고 오직 우문각을 살리기 위해 목숨을 내던졌다.

우문각은 염왕무사에 대해 일말의 연민조차 느끼지 못했다.

마도의 성골인 그에게 휘하 무사들은 언제든 목숨을 내놔야 하는 고기 방패였다.

같은 사람으로 생각지 않는데 어찌 연민을 느낄 수 있을까.

그게 바로 잔혹한 마도의 세계였다.

수십에 달하는 염왕무사가 학살당하는 가운데 우문각과 율약벽의 눈이 마주쳤다.

'아아…….'

북극의 빙하와도 같이 지독하게 차가운 눈동자가 그곳에 있었다.

완벽한 무인의 눈빛이다.

우문각은 자책했다.

'비천십이룡의 무위는 진짜다.'

무림을 밝게 비추는 108개의 별.

그중 천강삼십육장에 속하는 비천십이룡의 무위는 같은 초절정고수라 칭할 수 있는 수준이 아니었다.

인정할 수밖에 없다.

비천십이룡이 무림 최고의 후기지수 집단이란 사실을 말이다.

강자존의 마도 무림에서 가장 중요한 덕목은 생존이었다.

강한 자가 살아남는 게 아니라 살아남는 자가 강한 것이다.

염왕성의 성채 쪽으로 피신한 우문각은 서둘러 기문진 안으로 들어갔다.

그곳에 타는 듯한 붉은 비단옷에 금색 견갑과 미늘 갑주, 금관을 쓰고 등에는 거대한 도갑을 맨 사내가 팔짱을 끼고 서 있었다.

"아버님……."

금관 사내는 우문각의 부친이자 염왕성의 성주인 염왕신마 우문패였다.

우문패는 날카로운 눈으로 우문각을 쏘아보며 말했다.

"패했구나."

"……송구합니다."

"모두 지켜봤다. 어쩔 수 없는 일이다. 저 계집은 이 아비도 경시할 수 없는 실력자다."

"그, 그 정도란 말입니까?"

천강삽십육장 중 사마의 지존인 칠대신마의 일익으로 군림하는 우문패다.

그가 인정하는 무위면 두말할 것도 없었다.

"죽지 않고 무사히 살아 돌아온 것만으로도 충분히 자부심을 가져도 된다."

"……부, 부끄럽습니다."

"되었다. 여기 있거라."

우문패는 기문진 밖으로 걸음을 내디뎠다.

율약벽의 눈동자에 이채가 떠올랐다.

우문패는 율약벽의 5장(16.5m) 앞까지 다가와 입을 열었다.

"제천사 좌총령인가."

"처음 뵙는군요."

"그렇군."

율약벽과 우문패는 잠시 서로를 바라보았다.

먼저 입을 연 건 우문패였다.

"어찌 본성에 쳐들어온 것인가."

"염왕성주께서 제천내각의 소환령을 거절하셨으니까요."

"거절한 게 아니다. 그저 소명 준비를 위해 약간의 시간을 달라고 요구한 것뿐이다."

"소명 준비인가요."

"그렇다. 이번 사태가 그만큼 중하다 판단했기 때문이다."

우문패는 이를 갈았다.

"……루빙이 이런 짓을 벌일 거라고 상상조차 하지 못했다. 아니, 애초에 마라병단을 이끌고 남궁세가로 쳐들어가 제천대승상 합하의 암살을 시도한다는 게 가당키나 한 일인가!"

"하지만 실제로 벌어진 일이죠."

"본 성주는 모르는 일이다. 이를 입증하기 위해 준비가 필요하다."

율약벽은 눈을 가늘게 뜨고 우문패를 응시했다.

곧 앵두 같은 붉은 입술이 달싹였다.

"제천내각의 소환에 불응하고 제천사의 집행에 저항했으니 하늘의 심판이 무정하다 한탄치 못하실 거예요."

"……그게 무슨 소리냐."

바로 그 순간.

초절정고수 중에서도 정점에 가까운 존재인 우문패는 솜털 하나하나까지 곤두서는 걸 느꼈다.

'……어째서?'

-두웅!

동시에 미증유의 기파가 염왕성 전체를 잠식했다.

그리고.

-파직! 파지직!

율약벽의 좌측.

아무것도 없는 빈 공간이 마치 유리 거울처럼 금이 가며 산산이 깨졌다.

"어?"

비현실적인 광경이었다.

깨진 유리가 고운 입자로 변한다.

마치 모래시계를 따라 아래로 떨어지는 입자가 다시 위로 올라가기라도 하듯 빠르게 수복됐다.

모래가 사람의 형태를 조형하더니 한 걸음 내디디자 천천히 모습을 드러냈다.

조각 같은 이목구비에 은발은미.

은실로 짠 무복을 입고 머리에는 검은 경옥관을 쓴, 등에 은색 전포를 걸친 푸르스름한 눈동자의 소유자였다.

허리에는 살짝 구부러진 심연과도 같은 칠흑색 검을 옆으로 늘어뜨리고 있었다.

우문패가 눈을 부릅떴다.

"……파공축지!"

공간을 깨뜨리고, 땅을 접는다!

세 번째 환골탈태, 곤명으로 원영신을 이룩한 천망경 초월자의 특권.

파공축지(破空縮地)였다.

우문패가 굳은 얼굴로 자기도 모르게 중얼거렸다.

"신검황 율무극."

천간십존의 일원이자 드넓은 강호의 정점에 자리 잡은

존재.

제천사 총수 율무극이 염왕성에 강림했다.

숨 막히는 침묵이 감돌았다.

그럴 수밖에.

천간십존과 연관된 각종 사건 사고와 그들이 이룩한 무수한 신화는 전설 속 봉신전설을 연상케 할 정도.

신검황 율무극은 이 시대를 살아가는 무인들에게 인간을 뛰어넘은, 살아 있는 자연현상이나 마찬가지였다.

그저 등장하는 것만으로도 자신이 어째서 십존인지 증명한 율무극의 신위에 누구도 입을 열지 못했다.

-파악!

따끔한 느낌에 우문패는 왼쪽 귀로 손을 가져다 댔다.

없었다.

피조차 흐르지 않는, 처음부터 아예 존재하지 않았던 것만 같은 완전한 소멸.

'……아무것도 보지 못했다!'

초절정의 극에 이른 자신의 이목을 흐리다니.

천령의 절대고수도 불가능한 일이었다.

허나.

율무극은 천령의 절대고수인 검제 남궁천 같은 이가 열 명이 모여도 옷깃 하나 건드릴 수 없는 괴물 중의 괴물이다.

천망의 초월자와 천령의 절대고수 사이에는 하늘과 땅

수준의 격차가 존재했던 것이다.

하물며 초절정고수 따위.

천망지경인 십존이 보기에 언제든 밟아 짓이겨 버릴 수 있는 벌레와 그리 다를 바 없는 존재인 것이다.

율무극이 입을 열었다.

"누가 본존의 이름을 멋대로 부르라 허락했느냐."

"……소, 송구합니다, 봉공."

"다음엔 목이니 그리 알라."

"예."

순간 우문패의 가슴속이 환희로 가득 찼다.

어찌 그렇지 않겠는가.

적어도 오늘은 목을 가져가지 않겠다는 뜻 아닌가!

살았다는 생각에 안도의 한숨이 절로 내쉬어졌다.

마도는 내일을 생각하지 않는다.

허나 마도의 지존은 누구보다 자신의 목숨을 소중히 여겼다.

손에 쥔 게 많았으니까.

"우문패."

"예. 봉공."

"총단에 출두하라."

"그리하겠습니다."

율무극이 직접 걸음 했는데 어찌 대답에 망설임이 있을

수 있을까.

주춤하다 기분이 상하면 그대로 살해당할 수 있었다.

십존은 그래도 되는 존재였으니까.

우문패는 두말하지 않았다.

"제천내각의 위임하에 제천사에서 네놈을 감찰할 것이다."

"아, 알겠습니다."

속으로 이를 갈았다.

누군가에게 감찰받는 것.

마천루의 근간인 마도십문 서열 4위 염왕성 성주로서 참을 수 없는 치욕이다.

허나 그저 고개를 조아릴 수밖에 없었다.

율무극은 마음만 먹으면 홀로 염왕성 내에 살아 있는 건 개새끼 한 마리까지 남기지 않고 참살할 능력과 의향의 소유자였다.

살아 있는 재앙신을 앞에 두고 마도의 광기와 치욕 따위.

도저히 내세울 수 없었다.

태풍은 대항하는 게 아니다.

피하거나 참고 견뎌야 하는 존재인 것이다.

당금 강호에서 묵시천존과 천간십존이 그런 존재였다.

그것이 비록 천간십존 중 말석인 율무극이라 해도 말이다.

"너무 걱정 말라. 자운백팔대성의 일원인 만큼 체면을 지켜줄 테니. 감찰 역시 오래 진행되지 않을 것이다."

"감사합니다, 봉공!"

율무극이 입술을 비쭉였다.

"과연 그럴까?"

"……예?"

"남궁세가에서 정식으로 요청이 들어왔다."

푸른 눈동자에 싸늘한 안광이 스쳐 지나갔다.

"제천혈맹전이다."

그 말에 우문패의 표정이 무겁게 가라앉았다.

제천혈맹전(制天血盟戰)은 제천맹 산하 문파들 간의 분쟁 해결 수단으로 제천사의 주관 아래 시비가 붙은 문파들끼리 혈전을 치르는 것이다.

기본적으로 문파 소유 병단 간 회전이 주가 되나 그 과정에서 동맹 세력 참전이 허가되며 온갖 첩보, 협작, 암살이 판을 친다.

중국 고유의 폐습인 계투의 연장선이라고 보면 될 것이다.

애초에 제천팔패라는 거대 세력이 형성된 것 역시 제천혈맹전으로 인한 불확실성을 최소화하기 위한 동맹체 구축이 시작이었다.

"남궁천이 맹하후에게 요구했다. 염왕성에 대한 제천혈맹전을 승인해 달라고. 맹하후는 이를 받아들였다. 천운이구나, 우문패. 남궁천이 아니었으면 본존이 이렇게 입을 놀리는 대신 흑선(黑仙)을 휘둘렀을 테니 말이다."

흑선은 천하제이검 율무극의 무상검도를 상징하는 독문병기인 칠흑색 검의 명칭이다.

율무극 특유의 고결한 외모와 달리 흑선은 피를 탐하는 마검으로 역시 마수마장의 작품이었다.

셀 수 없이 많은 무인이 피를 탐하는 마검의 제물이 됐다.

하마터면 자신 역시 그런 신세가 됐을 거란 생각에 목이 따끔할 정도였다.

동시에 과연 신장룡 맹하후란 생각이 들었다.

'자신이 암살당할 뻔한 대사건에 분노하고 감정을 드러내기는커녕 냉정하게 남궁천의 요구를 받아들였다. 그리고 본성과 남궁세가를 분쟁의 구렁텅이로 몰아넣어 힘을 빼는 정치적 수를 두다니. 역시나 능구렁이 같은 자로다.'

허나 그런 자이기에 제천맹이라는 거대 세력을 건설하고, 또 수십 년간 유지해온 것이겠지.

무림을 움직이는 권력자 중 한 명인 우문패에게 맹하후는 일초지적조차 되지 않는 미약한 존재였으나 또한 자신의 목줄을 쥐고 있는 고깝기 짝이 없는 자였다.

허나 그럼에도 능력만큼은 인정하지 않을 수 없었다.

율무극은 몸을 돌리며 말했다.

"벽아야. 나는 이만 돌아가겠다. 뒤처리를 부탁하마."

"예. 조부님."

말이 끝나기 무섭게 율무극이 한 걸음 내디뎠다.

-쩌어엉!

삽시간에 공간이 유리 조각처럼 깨지더니 동혈의 입구를 연상시키는 거대한 검은 구멍이 모습을 드러냈다.

율무극은 그 안으로 순식간에 빨려 들어갔다.

찰나지간 검은 구멍은 처음부터 없었던 것처럼 자취를 감춰 버렸다.

무공이라는 틀을 아득히 벗어난 괴현상에 염왕성 마인들의 광기를 뚫고 은은히 공포가 번졌다.

우문패조차 이를 막을 수 없었다.

그만큼 십존이란 존재는 불가해(不可解) 그 자체였으니까.

초절정고수인 그 역시 크게 다를 바 없었다.

"그럼 염왕성주. 총단에서 뵙도록 하죠."

"좋다."

율약벽은 곧장 제천사를 이끌고 바람처럼 사라졌다.

천하를 분쟁의 소용돌이로 이끌 남궁세가와 염왕성의 제천혈맹전이 성사된 순간이었다.

To Be Continued